U0005400

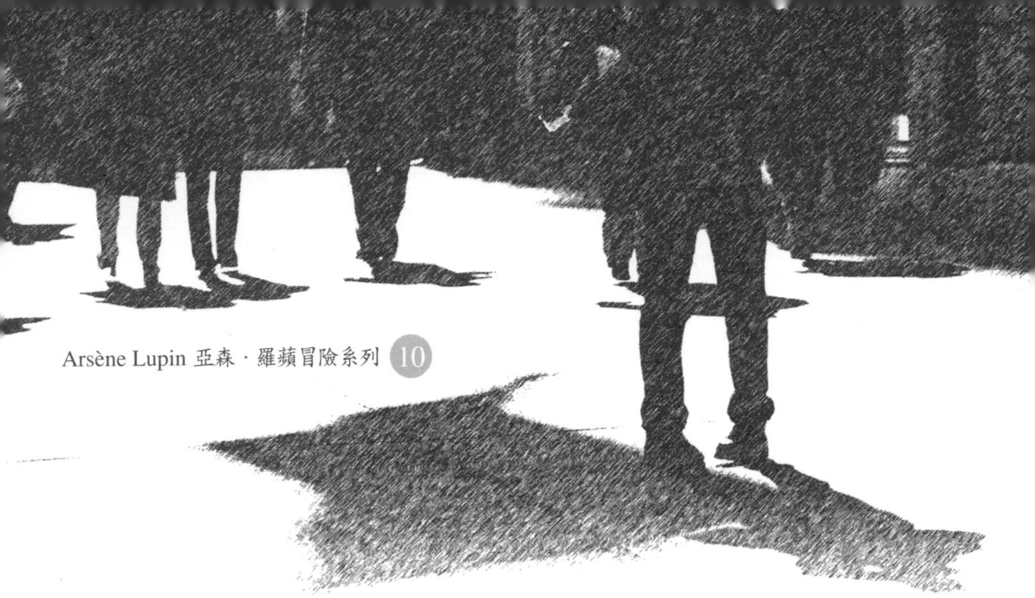

Arsène Lupin 亞森．羅蘋冒險系列 10

Les Confidences d'Arsène Lupin

羅蘋的告白

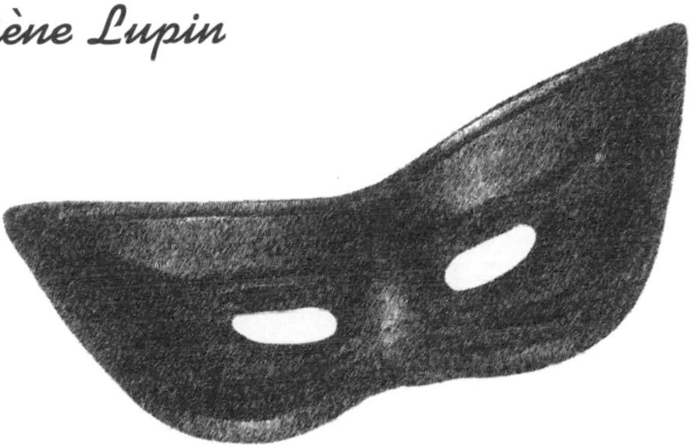

莫里斯．盧布朗／著

徐柳芬／譯

好讀出版

推薦序

怪盜的祕密日記

——談《羅蘋的告白》

推理評論名家　既晴

本書《羅蘋的告白》（Les Confidences d'Arsène Lupin）出版於一九一三年，是羅蘋探案的第二部短篇集，共收錄了莫里斯・盧布朗在雜誌《我什麼都知道》（Je sais tout）從一九一一年至一九一三年間發表的九個短篇故事。

第一個短篇〈閃光之謎〉（Les Jeux du soleil），不僅在技術上有羅蘋擅長的暗號解謎，也發揮了他「不入虎穴、焉得虎子」的冒險犯難精神，並有夏洛克・福爾摩斯（Sherlock Holmes）探案《跳舞的人》（The Adventure of the Dancing Men，1903）的趣味性。

第二篇〈結婚戒指〉（L'Anneau nuptial），則展現了羅蘋浪漫多情的另一面。在這篇作品中，羅蘋之所以介入案件，並非爲了行竊或好奇，而是因惻隱之心，才起身保護一位女性的名譽。另外，羅蘋使用的身分奧瑞斯・維蒙（Horace Velmont），最早是在《怪盜紳士亞森・羅蘋》（Arsène Lupin, Gentleman-Cambrioleur，1907）的最後一個短篇〈遲來的福爾摩斯〉（Herlock Sholmès arrive trop tard）出現，是他冒險初期常用的假名，後來在其他案件也出現過，眼尖的讀者不妨留意一下。

第三篇〈影子標記〉（Le Signe de l'ombre），同樣是暗號推理，但在時空的格局處理上與〈閃光之謎〉有所差異。從陳年遺物中找出密碼，並推斷出隱沒在歷史中的寶藏藏匿地點，是羅蘋探案一用再用、永不厭煩的標準故事情節。從《奇巖城》（L'Aiguille creuse，1909）、《８１３之謎》（813，1910）一直到《棺材島》（L'île aux trente cercueils，1919）等作品，都能看到盧布朗在相同的架構下，玩出各種不同的花招。本篇算是牛刀小試，集所有同類故事的特徵於一瞬間。

第四篇〈地獄陷阱〉（Le Piège infernal）則是描述一樁五萬法郎的竊案，導致失主自殺，以及羅蘋身陷險境，不斷試圖脫身而不可得的驚險歷程。本篇的處理手法十分特異，幾乎可以說根本無法預料得到，還令我聯想起福爾摩斯探案的〈波希米亞醜聞〉（A Scandal in Bohemia，1892），讓人會心一笑。

第五篇〈紅絲巾之謎〉（L'écharpe de soie rouge）可說是全書中解謎性最強的一作，不但故事情節扣人心弦，葛尼瑪警探（Ganimard）與羅蘋的鬥智過程峰迴路轉，羅蘋身兼盜賊與安樂椅偵探，關於眞兇的身分推論更是精密周到、神乎其技，無怪乎被認爲是所有的羅蘋短篇探案裡的本格最高傑作。

第六篇〈死神遊蕩〉（La mort qui rôde）也是一篇羅蘋英雄救美的故事。少女簡妮・達爾瑟（Jeanne Darcieux）居住在固若金湯的城堡內，卻不斷受死亡威脅，羅蘋不但得及時出手相救，還必須盡快發現眞兇。本篇令人印象深刻的是其陰森、緊張的氣氛營造。

第七篇〈天鵝頸伊蒂絲〉（Édith au Cou de Cygne）是羅蘋專注本業、進行「預告竊盜」的典型作品，他必須在時限內入侵銅牆鐵壁的藏寶處，並在瞬間逃脫。値得注意的是，故事裡的葛尼瑪警探驍勇善戰，與羅蘋演出一場神鬼對決，也讓本作成爲羅蘋探案裡竊盜題材的最佳短篇。

第八篇〈麥稈〉（Le fétu de paille），類似於《奇巖城》的開場謎團，竊賊憑空消失在一座莊園裡，怎麼找都找不到。但羅蘋這次扮演的不是消失的人，而是要尋找消失的人；本篇是《失竊的信》（The Purloined Letter，1844）的再應用。

第九篇〈亞森・羅蘋的婚禮〉（Le mariage d'Arsène Lupin）將「預告竊盜」進化爲「預告結婚」，羅蘋利用媒體向世人公告，將迎娶公爵之女安琪莉可・薩爾佐・范登（Angélique de Sarzeau-Vendôme），並準備依法成爲亞森・波旁・孔德王子（Prince Arsène de Bourbon-Condé）。姑且不論強迫結婚的道德問題，本篇不但將「聲東擊西」的技巧發揮得淋漓盡致，對羅蘋大膽熱情的行徑也有生動的描寫。

事實上，撰寫本作時的盧布朗，已經以《奇巖城》與《８１３之謎》兩部挑戰大冒險、大格局、大娛樂的長篇作品，在推理史上佔據了一席之地，因此，《羅蘋的告白》倒更像是回歸出道作《怪盜紳士亞森．羅蘋》之奇趣風格的珠玉集。此外，故事的時間軸座落在這些長篇之前，所以亦可視爲羅蘋展開冒險生涯初期的另一個註解。

上述六篇作品，皆發表於一九一一年，發表時均附有〈羅蘋的告白〉之副標。其後三篇，則發表於《水晶瓶塞》（Le bouchon de cristal，1912）後，卻無同樣的副標，也許是盧布朗原本想另立短篇集，但後來忙於「佩雷納（Perena）三部曲」等長篇寫作，因而作罷，才又與前六篇合輯出版。

 005

推薦序

怪盜、偵探與冒險家的三位一體

推理作家　寵物先生

如果你打算觀察小說家筆下的英雄人物，作概括性的報告，卻又沒時間閱讀所有的系列著作，那麼，從短篇集著手或許是不錯的方式。相較於長篇侷限在某個舞台，讀者只能透過單一的視野去解析書中人物，短篇集毋寧提供了更多英雄們活躍的場景與模式，讓你短時間內就能看到他們的不同面相，更有「效率」地進行探索。

自一九〇五年〈亞森・羅蘋就捕〉刊載於法國《我全知道》雜誌，至一九四一年作者莫理斯・盧布朗身故爲止，羅蘋系列共發表了三十七篇短篇，收錄在四部短篇集裡，分別爲《怪盜紳士亞森・羅蘋》、《羅蘋的告白》、《八大奇案》與《巴涅特偵探社》（L'agence Barnett et Cie）（考量篇幅大小，《怪盜與名偵探》應歸類爲中篇集）。若要快速擷取羅蘋的各種「面貌」，當然是從這四本下手。

然而，考量《怪盜紳士亞森・羅蘋》是出道作，主角羅蘋才剛剛定型，《八大奇案》與《巴涅特偵探社》則仍是在同一個時空背景下，羅蘋扮演同一角色的連作故事，倘若眞想見到各式面孔的羅蘋，看似欠缺統一主題的本書《羅蘋的告白》才是最合適的。

《羅蘋的告白》以〈閃光之謎〉作爲導入部，敘述羅蘋回顧過去經歷的一些零星案件。在本書中，我們可以見到身爲名偵探的羅蘋破解〈閃光之謎〉的暗號疑雲、〈紅絲巾之謎〉的離奇命案，找尋〈影子標記〉裡的家族財寶，揪出〈麥稈〉隱身於農莊的小偷；也可以見到執盜賊本業的羅蘋大顯神通，在〈地獄陷阱〉裡假扮警察扒走現款，在〈天鵝頸伊蒂絲〉執行犯罪預告，偷走價值百萬法郎的掛毯；更可以見到懷有慈悲心的冒險者羅蘋，解救〈結婚戒指〉中即將被奪走兒子的母親、〈死神遊蕩〉裡被死神纏上的少女，還在〈亞森羅蘋的婚禮〉策劃一場陰謀般的結婚過程。

身爲怪盜、偵探與冒險家的三位一體，羅蘋所呈現的角色形象，自然是立體且複雜的。在讀者們的眼中，他是個經常耍帥的情聖，和羅蘋女郎們（借用〇〇七的龐德女郎說法）演出一幕幕的愛情對手戲，也是個好吃裡扒外的混球，幫助別人時仍不忘揩點油水。他自戀、好大喜功，臨陣時與對方你來我往、脣槍舌劍，卻又在挫折時表現徬徨無助、手足無措的一面。對他的宿敵葛尼瑪探長，有時以謊言愚弄之，有時卻又致以無上的敬意。

透過《羅蘋的告白》諸篇故事的五花八門，我們見到的是羅蘋在心理與社會面上的不同樣貌，正如同他經常以多種身分示人的行事作風——如同萬花筒般，轉一轉，又是不同的風景。

附帶一提，羅蘋系列的作品經常可見彼此之間的連結，本書也不例外。例如在〈紅絲巾之謎〉羅蘋曾對葛尼瑪說：「現在我的事情已經忙不過來……馬賽有一起兒童調包案，還得搶救一個被死神糾纏的年輕女子……」後者是指同樣收錄於本書的〈死神遊蕩〉，前者則成為日後〈讓・路易案〉（收錄於《八大奇案》）的故事原型；在《水晶瓶塞》的結尾，也曾提及那場〈亞森・羅蘋的婚禮〉。找出這些連結，將各篇作品置入羅蘋的生涯年代，也成為書迷閱讀時的樂趣之一。

推薦序

為自己加冕的地下王子

推理文學研究會成員　顏九笙

等待許久，好讀出版的羅蘋系列全譯本終於輪到這本短篇集了。如同我在推薦《奇巖城》時說過的，我一直比較喜歡羅蘋系列的短篇集，《羅蘋的告白》也是我心目中數一數二的傑作，只可惜過去能認識它完整面目的讀者並不多；因爲在大多數台灣讀者熟悉的東方出版社童書版（譯自南洋一郎重新詮釋的日文版羅蘋）裡，《羅蘋的告白》原有的篇章被打散重組過。而且（雖然這麼說是老調重彈了）童書版的羅蘋經過淨化，他就像個高貴的王子，心中幾乎沒有見不得人的念頭。這樣完美的羅蘋有他自己的生命，也是許多孩子甜美的童年回憶（所以成年的我還是買回了一套），說他「不忠於原著」所以排擠他，好像太小氣了。

但是……我還是想鼓勵大家移動到另一個平行宇宙，看看盧布朗原創的那個羅蘋。

你接下來會讀到的羅蘋，一直都很清楚他絕非天生的王子。他常常喬裝成貴族軍警等等「社會中堅」，多少表露出他對這種身份地位的羨慕，但他畢竟「不是」那樣的人。所以在〈天鵝頸伊蒂絲〉的開頭，他的自嘲才會那樣耐人尋味：「即便我常對別人的財產有些獨特的想法，但我向你保證，一旦涉及到我的財產時，我的態度就會截然不同。唉呀，誰敢碰那些屬於我的財產，誰敢碰我就對誰不客氣。」他並不是社會革命家，如果可以的話他也想做個安分的中產階級，但他的慾望、夢想與才智，卻遠遠超過他生來被賦予的社會位置。怎麼辦呢？他就是喜歡財富名位帶來的尊重與舒適啊，就算是建築在流沙之上也好。所以羅蘋帶著某種身為惡徒的自覺，進入了地下世界。

但他心頭偶爾還是會浮現一絲不安，對自己有那麼一點自慚形穢（尤其是面對純潔女子的時候）。憎恨他的人說得沒錯，這就是他的弱點：「充滿好奇心，喜歡耍詭計，執迷於在謎團中找尋答案，執迷於解決別人不能解決的問題」；「虛情假意，有點傻乎乎的多愁善感，總喜歡對受害者擠出幾滴鱷魚眼淚」。就因為這樣壞得不徹底，他常常害自己蒙受損失，甚至置身險境——就以這本書裡的事件來說吧，別玩那麼多無聊的小花招，他就能夠少挨一刀、多賺四十萬法郎、獨吞十八顆鑽石。（最後那驚人的一千一百萬「損失」，唉，或許不是他自己搞砸的，該算是他的同謀辦事不力吧。）但他就是忍不住要做些多餘的事情，忍不住要逗弄他的對手，就算是一籌莫展了也要耍嘴皮子。這樣的「不實際」正是他的救贖，也讓他比現實世界的歹徒可愛許多。

天生高貴的王子確實滿足我孩提時的夢想，但對現在的我來說，替自己加冕的地下王子卻更有魅力——這是我對羅蘋最認真的告白。

 011

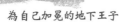

contents 目錄

chapter 1

閃光之謎

「羅蘋，聊聊有關你的事吧。」

「呃，你想讓我說什麼呢？我的事，大家都知道啦！」羅蘋答道，他正在我書房的長沙發上打著瞌睡。

「沒人眞的瞭解你的事！」我叫嚷著，「大家都是在報紙上看到你公開的信件，才知道你捲入了這個案子或那個案子……至於你在其中所扮演的角色、整個案件的背景、劇情的發展，沒人知道。」

「啊，那些說來話長，沒什麼意思。」

「沒什麼意思！那你送給尼古拉・杜格里瓦夫人的五萬法郎是怎麼回事？還有那神祕的三幅畫

又是怎麼回事？」

「那的確是個神祕的謎題。」羅蘋說，「不過我建議改用這個標題：**影子標記**。」

「還有你在上流社會取得的成功？」我又說道，「還有你私下所做的善事？這些都是你無意間在我面前提過的，你曾說過『結婚戒指』、『死神遊蕩』等事件。你還有多少告白姍姍來遲，我親愛的羅蘋！來，勇敢點……」

這個時期羅蘋還未展開那些聲名遠揚的戰役，比如《奇巖城》和《813之謎》等偉大的冒險，但他現在也算小有名氣。而且這時的他還不會想把法國國王的傳世寶藏據爲己有，或是想在德皇眼皮底下打劫整個歐洲，他現在只是用謹慎的手段去獲得合理的利益，這樣就已經心滿意足，他每日的所作所爲都只是爲了將惡行昭告天下，或出於天性使然，或出於行俠仗義的興趣，他就像唐吉訶德一樣，自娛自樂，悲憫世人。

看他默不作聲，我又說道：

「羅蘋，求你啦！……」

出乎我的意料，他居然答道：

「拿支筆，還有紙。」

我馬上照做，想到他終於要跟我講述他的經歷，我非常高興，故事肯定奇妙無比、令人讚嘆。

而我，唉！我則必須得埋頭進行這些繁瑣而枯燥無趣的整理工作。

 015

「你準備好了嗎？」他說。

「好了。」

「把這些記下來：19、21、18、20、15、21、20。」

「什麼？」

「我叫你記下來。」

他坐在長沙發上，眼睛看著開著的窗戶外面，手上撥弄著一支東方香菸。

他說：

「記下來，9、12、6、1……」

停了一會，他又說道：

「21。」

然後，安靜了一會兒。

「20、6……」

他瘋了吧？我看著他，慢慢地我發現他的眼神不再像幾分鐘之前一樣漠然，相反的，他眼神專注，似乎盯著某個地方，遠處有什麼景象引起了他的注意。

他依然按一定間隔說出一個個數字：

「21、9、18、5……」

穿過窗戶，只能看到右邊藍色的天空和對面房子的一面牆，那是一座老旅館，窗戶像往常一樣關著。這些東西，我都看了好幾年，根本沒什麼異樣，對我來說，一切都是老樣子。

「12、5、4、1……」

忽然間，我明白了，或者說，我認爲我明白了。很難相信像羅蘋這樣一個表面玩世不恭，思考邏輯卻相當縝密的人會浪費時間做這麼無聊的事情？但無庸置疑的是，他的確是在數一道斷斷續續照在老旅館三樓黑色牆壁上的閃光。

「14、7……」羅蘋對我說。

閃光消失了幾秒鐘，然後，又一下一下，間隔規律地照在牆上，然後，又消失了。

我本能地數著，大聲說道：

「5……」

「你知道啦？還不賴嘛。」羅蘋嘲笑道。

他走向窗戶，頭探出去，似乎想知道那道光線的準確來源。然後他重新躺到沙發上，對我說：

「現在輪到你啦，數吧……」

我乖乖的聽話，這該死的男人好像總是知道自己要幹什麼。再加上我也不能抑制自己的好奇心，那道光一下一下如此規律地照在牆上，就像燈塔一樣，一會兒出現一會兒消失。

這肯定來自於跟我住所同排的一棟房子裡，因爲日光傾斜著從我家窗戶穿過。要不是有人不停打開、關上窗子，就是有人拿著一面小鏡子反射太陽光鬧著玩。

「肯定是個小孩在鬧著玩。」過了會，我叫道，一直做這麼愚蠢的事情讓我有一點點焦躁。

「繼續數！」

我繼續數……把數字排成行……日光像數學般精確地在我面前跳著舞。

「接著呢？」在沉默了很久之後，羅蘋對我說。

「我想已經沒啦……好幾分鐘過去了，什麼也沒出現。」

我們等著，再也沒有光線出現了，我開玩笑道：

「我敢說我們是浪費時間，紙上只寫了些數字，就這點收穫。」

坐在沙發上一動不動，羅蘋說道：

「親愛的朋友，請按字母表的順序，用每個數位對應的字母替換，A就是1，B就是2，諸如此類。」

「這還眞蠢。」

「確實是，但人的一生會做很多蠢事……不差這一件……」

我照著他說的去做這個蠢事，我記下前面幾個數字：S、U、R、T、O、U、T……

我停下來，呆住了：

「一個詞！」我喊道，「……居然組成了一個詞。」

「那麼接著做吧，朋友。」

我繼續替換，接下來的數字漸漸組成了其他的詞語，更令我吃驚的是，一句完整的話就這樣出現在我眼前。

「好了嗎？」過了會兒，羅蘋問道。

「好了！……裡面怎麼有字拼錯。」

「別管它，先慢慢念一遍。」

我念了這句沒完成的句子，出現在我眼前的就是下面這句：

切記要朵開危險，要避免被人功擊，只能緊慎小心地對抗敵仁，而且……①

我笑了。

「好吧！光線說的話！哈哈！眞是醍醐灌頂！不過，說眞的，羅蘋，這種只有像廚娘才會寫出的錯字所組成的句子，對你應該沒什麼幫助吧！」

羅蘋站起身，依然沉默不語，抓起那張紙。

後來我想到那時有用眼睛瞄了下時鐘，正是五點十八分。

羅蘋依然站著那，手裡拿著紙，可以清楚地看到他的臉如此年輕，表情如此變化莫測，再敏銳的觀察者都會被誤導，這就是他的強項、他的防禦武器。這張臉能夠隨心所欲的變化而無需借助任何化妝技巧，每一瞬間的表情都像是最自然的表現。有什麼固定的習慣能夠辨認出他？……什麼習慣？我知道有一個習慣，有一個不變的習慣就是：當他集中注意力時，他的額頭上就會出現兩道十字形狀的皺紋。此刻，我就看到了這個清晰深刻的十字細紋。

他把紙放下，嘀咕道：

「小孩玩意兒！」

五點半了。

「怎麼？你知道怎麼回事了？只用了十二分鐘？」我喊道。

他在房間裡左右來回走了幾步，然後點了一支菸，對我說：

「請給瑞普斯坦男爵打個電話，告訴他我今天晚上十點去拜訪他。」

「瑞普斯坦男爵？」我問道，「那個最近很出名的男爵夫人的丈夫嗎？」

「是的。」

「你說真的嗎？」

「是的。」

我完全糊塗了，又沒法反對他，只得打開電話簿，撥通了電話。就在這時，他果斷制止了我，他的眼睛一直盯著他又拿起來的那張紙，說道：

「不，別打了……現在告訴他也沒用……還有更緊急的事……更奇怪的事，我搞不懂……為什麼這該死的句子沒完呢？為什麼這句話……」

忽然，他拿起他的手杖和帽子。

「我們走，如果我沒搞錯的話，這是一件急需解決的事，我相信我沒弄錯。」

「你知道了些什麼？」

「到目前為止，什麼都還不知道。」

在樓梯裡，他勾著我的手臂，對我說：

「我知道的事情大家也都知道。瑞普斯坦男爵，金融家兼賽馬愛好者，他的賽馬埃特納（ETNA）贏得了今年愛普森德比大賽和朗尚大獎賽的比賽。他的妻子欺騙了他，這位夫人一頭金髮，以打扮時髦、奢侈著稱，她帶著從自己丈夫那裡捲走的三百萬法郎，和伯妮公主給她的鑽石、珍珠和其他貴重首飾（她原本說好要付錢購買的），已經潛逃在外兩個星期了。兩個星期以來，整個法國和歐洲都在追捕這位男爵夫人，這並不困難，因為男爵夫人每到一處必定揮金如土，大家都以為能輕易把她逮住。就像前天在比利時，我國的警察，戰無不勝的葛尼瑪，在一家大飯店截住一位女遊客，似乎所有證據都集中在她身上，不過可惜最後證實，她只是一名聲名遐邇的演員——內麗・達貝爾，至於男爵夫人，還是沒找到她的下落。而瑞普斯坦男爵，他提供一萬法朗懸賞金獎賞給能找到他夫人的人，這筆錢正交給公證人保管。另外，為了賠償伯妮公主，他還賣掉了自己的賽馬場、歐斯曼大道的公館和羅康庫的城堡。」

「至於這筆錢，」我接口道，「應該馬上就會兌現了，報紙上說明天伯妮公主就能拿到這筆錢。只是，我不明白，這件事和這句神祕的句子有什麼關係……」

羅蘋沒搭理我。

我們沿著我住的那條街走著，走了將近一百五十米到兩百米的時候，他走下人行道，開始觀察一棟房子，那是棟老建築，裡面應該住了很多房客。

「根據我的計算，」他對我說，「閃光暗號應該是從這裡發出的，肯定是那扇開著的窗戶。」

「四樓那扇嗎？」

「沒錯。」

他走進門房，向婦人詢問道：

「妳的房客中不會剛好有一位和瑞普斯坦男爵有關係吧？」

「喔！有的。」婦人叫道，「我們有一位拉維努先生，是男爵的總管兼祕書，他家是我負責打掃的。」

「我們能見見他嗎？」

「見他？他生病了，可憐的先生。」

「生病？」

「兩個星期了……自從男爵夫人事件發生後，他第二天就發高燒回家，一直臥床不起。」

「他起床了嗎？」

「啊！這個，我不知道。」

「怎麼，妳不知道？」

「不知道，他的醫生不讓人進他房間，還把我的鑰匙也拿走了。」

「誰？」

「一個醫生，是來給他看病的，一天來兩到三次。啊！他剛才也來過，離開不到二十分鐘……一個花白鬍子的老人，戴副眼鏡，駝著背……先生，你要去哪？」

「我要上去，給我帶路。」說話間，羅蘋已經跑到樓梯上，「是四樓嗎？左手邊的房間？」

「我不能這麼做。」可憐的婦人跟在後面，哆嗦道，「而且我沒鑰匙，因爲醫生……」

他們一前一後上了四樓，在房門前，羅蘋從口袋掏出一個工具，不顧門房太太的反對，放進鑰匙孔裡，門立刻就開了，我們進到房間。

在客廳陰暗的盡頭，有扇半掩的門透出光線，羅蘋衝過去，到房門口，他大喊一聲：

「太晚了！啊！糟糕！」

門房太太癱倒在地，好像暈了過去。

我也走進房間，看到一個男人半裸躺在地上，雙腳蜷縮、手臂彎曲、臉部消瘦、面容慘白，眼晴透露出驚恐，痙攣的嘴巴怪異的笑著，露出了牙齒。

羅蘋迅速檢查了一下，說：

「他已經死了。」

「怎麼回事？」我喊道，「沒有血跡啊？」

「是沒有。」羅蘋指著襯衫半敞開處胸膛上兩三個紅點，答道：「瞧，有人一隻手抓住他的喉嚨，另一隻手刺進心臟。我說『刺』是因爲傷口很細，很難發現，應該是一根很長的針造成的。」

他看了看地上，還有屍體的周圍，沒有什麼引起他的注意，只有一面小鏡子，拉維努先生應該就是用這個鏡子反射著太陽光。

突然，門房嚎叫出來，大喊救命，羅蘋撲過去，用力搖晃著她說：

「靜一靜！……聽我說！……待會再叫警察……先聽我說，然後回答我。這很重要，拉維努先生在這條街上有個朋友，是不是？住在這條馬路同一排的房子裡……一個親密的朋友？」

「是的。」

「每天晚上他都在咖啡館和這位朋友見面，互相交換報紙？」

「是的。」

「他的名字？」

「杜拉特先生。」

「他的地址？」

「這條街的九十二號。」

「還有個問題，妳剛剛提到的那位戴著眼鏡，花白鬍子的老醫生，之前就有來過這裡嗎？」

「不，我之前不認識他，拉維努先生生病那天晚上他才來的。」

沒再說一句話，羅蘋拉著我跑下了樓，一到街上，就沿著右邊走去，從我的公寓前走過後，再過去四個門牌，剛好停在九十二號。這是一棟矮房子，一樓是一個酒鋪，酒商剛好在店門口的走道旁抽著菸，羅蘋便過去問他杜拉特先生現在在不在家。

「杜拉特先生出門了。」酒商答道，「差不多半小時前……他看上去很慌張的搭一輛車走了，他平常可不會這樣。」

「你知道……」

「他去哪裡嗎？嗯，可不是我故意偷聽，是他自己跟司機大聲嚷嚷著：『去警察局！』」

剛要自己叫車的時候，羅蘋改變了主意，我聽到他在嘀咕：

「這有什麼用，慢太多了！……」

他又繼續問在杜拉特先生走後是不是有人來過。

「有，一個花白鬍子、戴眼鏡的先生到杜拉特先生家，按了門鈴，然後又走了。」

「非常感謝，先生。」羅蘋跟酒商道別。

他慢慢地走著，沒跟我說一句話，甚至沒有眼神交流。毫無疑問，這個問題對他來說也很棘手。他很堅持要弄清楚這個混亂局面，只是目前他自己也搞不清楚。

接著，他主動跟我說：

「這個案子可能更需要的是直覺，而不是思考，只是得花很大的功夫去辦才行。」

我們來到大街上，羅蘋走進一家閱覽室，花了很長的時間翻閱最近兩星期的報紙。他不時嘟囔：

「是的，是的……當然這只是一個假設，但卻解釋了所有的事情……而且，一個能回答所有問題的假設，那離眞相也不遠啦。」

夜幕降臨，我們來到一家小餐館用餐，我注意到羅蘋臉上慢慢恢復生氣，身體動作也更加利索，快樂、活力又重新回到他身上。我們接著出發去瑞普斯坦男爵的住宅，他帶著我走在歐斯曼大道上，大冒險中那個行動果決，總是懷著必勝信念的羅蘋又回來了！

快到固塞勒街時，我們的腳步放慢下來，瑞普斯坦男爵就住在這條街和聖多諾黑區街之間的一棟三層樓高的公館裡，我們已經可以看到公館用圓柱跟女像柱裝飾的門庭。

「停！」羅蘋突然喊道。

「怎麼啦？」

「又一個可以證明我猜測的證據……」

「什麼證據？我什麼都沒看到啊！」

「我看到了……這就夠了……」

他將衣領立起，拍拍軟帽邊緣，說道：

「見鬼！戰鬥會很激烈！你先回去睡覺吧，我親愛的朋友。明天，我會告訴你我等下冒險的情形——如果這冒險沒有要了我的命的話。」

「啊？」

「唔！我會冒很大的險。首先，最好的打算是我可能會被逮捕；其次，最壞的打算是我可能會送命！只是……」

他緊緊抓住我的肩膀：

「我還想冒第三個險，就是賺到兩百萬……一旦我拿到兩百萬，大家就會見識到我的能耐了。晚安，親愛的朋友，如果你再也見不到我……」

他朗誦道：

我愛她那憂傷的枝繁葉茂，
請在我的墓前栽一棵垂柳②。

於是我便馬上離開，三分鐘後（我接下來講的故事是根據他第二天對我所講述的內容），羅蘋敲響了瑞普斯坦公館大門。

「男爵先生在家嗎？」

「在。」僕人吃驚地觀察著不速之客，回答道，「但是男爵先生這個時間不接見客人。」

「男爵先生已經知道他的總管拉維努先生被害一事嗎？」

「當然。」

「那好，請跟他說我來正是爲了這件謀殺案，時間緊迫。」

一個聲音從什麼地方傳來：

「安東尼，讓這位先生進來。」

一聽到這威嚴的命令，僕人便將羅蘋帶到二樓，一扇門開著，門口立著一位先生，羅蘋在各大報紙上看過他的照片，他就是瑞普斯坦男爵，那位有名的男爵夫人的丈夫，本年度最有名的賽馬埃特納的主人。

這個男人身材高大，寬寬的肩膀，臉上的鬍子刮得乾乾淨淨，表情和善，似乎微笑著，卻掩飾不住眼裡的憂傷。他穿著剪裁考究的服裝，一件栗色天鵝絨背心，領帶上別著一顆珍珠，羅蘋目測價值不菲。

他把羅蘋帶進書房，是個有三扇窗戶的大房間，裡面還有個綠格子書架，一張美式辦公桌和一個保險箱。他馬上有點焦急地問道：

「你知道發生什麼事了？」

「是的，男爵先生。」

「與可憐的拉維努先生被害有關？」

「是的，男爵先生，也與男爵夫人有關。」

「眞的嗎？我求你快點告訴我……」

他拉過一張椅子，羅蘋坐下後開始說：

「男爵先生，形勢很嚴峻，我會很快講完。」

「簡單說，簡單說。」

「好的，男爵先生，那我簡單說，不囉嗦。拉維努先生被他的醫生關在房間兩個星期，拉維努……怎麼說呢，利用一些暗號發送求救信號的電報，我記下了一些，我也是根據這個線索發現這件事。他本人則在發送暗號時被發現，然後被殺了。」

「被誰殺的？誰？」

「他的醫生。」

「這個醫生的名字是？」

「我不知道，但是，拉維努先生的一位朋友杜拉特先生應該知道，就是他和拉維努先生在傳送暗號，他應該還知道整個暗號完整確切的意思，因爲，還沒等到結束，他就跳進一輛車，直奔警察局。」

「爲什麼？爲什麼？……結果呢？」

「結果，男爵先生，就是你的公館被包圍了。十二個警察在你的窗戶下巡邏。太陽一升起，他們就會衝進來，以法律的名義逮捕兇手。」

「殺害拉維努的兇手就藏在這棟房子裡？我的一個僕人嗎？不對，因爲你說是一名醫生！……」

「請你注意，男爵先生，杜拉特先生去警察局報告他的朋友拉維努透露的資訊的時候，還不知道拉維努先生已經死了，杜拉特先生這麼做是爲了其他的事情……」

「什麼事情？」

「男爵夫人的失蹤，他在和拉維努先生通信中知道了這個祕密。」

「什麼？終於有人知道了！已經找到男爵夫人了！她在哪裡？她從我這裡騙走的錢呢？」

瑞普斯坦男爵異常激動地說著。他站起身，向羅蘋吆喝：

「快說啊，先生，我等不下去啦！」

羅蘋猶豫著，慢吞吞地說：

「這是……你看……現在說有點爲難……因爲我們的立場完全不同。」

「我不懂你的意思。」

「你一定懂，男爵先生……我從報紙上得知人們都這樣認爲的，是不是？人們都說瑞普斯坦男爵夫人知道你生意上所有祕密，她不僅能打開這個保險箱，還能打開你存放所有貴重物品的里昂信用銀行的保險箱。」

「是的。」

「然而，兩個星期前的一天晚上，當你在俱樂部時，瑞普斯坦男爵夫人在你不知情的情況下，提取了所有値錢的東西，將你的錢和伯妮公主的珠寶放在一個旅行箱裡，逃走了？」

「是的。」

「從那以後，就再也沒人看過她？」

「是的。」

「那麼，有一個絕妙的理由可以解釋爲什麼沒人看到她。」

「什麼理由？」

「那就是瑞普斯坦男爵夫人已經被殺了。」

「被殺！……男爵夫人！……你瘋了吧！」

「男爵夫人在那天晚上就被殺害了，這是最合理的解釋。」

「我再跟你說一遍，你瘋了！男爵夫人怎麼可能被殺，既然大家之前都能一步步循著她的足跡

 031

追捕她？……」

「大家跟蹤的是另一位夫人的足跡。」

「哪位夫人？」

「兇手的同謀。」

「那麼這位兇手？」

「這位兇手，過去兩個星期以來，因爲在這棟公館當總管的拉維努先生知道了事情的眞相，便將他關起來，威脅他、恐嚇他，迫使他沉默。兇手在發現拉維努先生正在和他的一個朋友傳送暗號時，便殘忍地將一根長針刺進了他的心臟。」

「那個醫生，是嗎？」

「是的。」

「但是那個醫生是誰？這個天殺的罪犯，來去無蹤，在黑暗中殺人，卻沒人懷疑他，這個地獄的惡魔？」

「你不猜一下是誰嗎？」

「不。」

「那你想知道嗎？」

「我當然想知道！快說！……你知道他躲在哪裡嗎？」

「是的。」

「在這棟房子裡？」

「是的。」

「警察要找的就是他嗎？」

「是的。」

「他是誰？」

「你！」

「我！……」

羅蘋來到男爵面前不到十分鐘，決鬥就開始了。他的指控那麼明確、有力、不容置疑。

他又說道：

「就是你，戴上可笑的假鬍子和眼鏡，駝著背裝成老人。一句話，你，瑞普斯坦男爵，就是你，爲了某個人們想不到的理由，只有你才能將整個陰謀連繫起來，否則這件事情就無法解釋。就是你，這個兇手，殺害了男爵夫人，爲了和另一位夫人侵吞這百萬家產，殺害了總管拉維努先生，爲了殺害一名不肯就範的證人。啊！這樣，所有的問題都解答啦！」

一開始，男爵微微傾向說話者，急切而關注地聽著每一句話。接著，他站起身，盯著羅蘋，好像他正對著一個瘋子。當羅蘋說完時，他退後兩三步，似乎準備要說些什麼，又考慮了一下，他一

 033

字不語，走向壁爐，按下門鈴。

羅蘋一動也不動，他微笑地等著。

「安東尼，你可以先去休息了，我送這位先生離開。」

「要熄燈嗎？先生。」

「前廳燈先別熄。」

安東尼退下後，男爵立刻從辦公桌拿出一把手槍，走回羅蘋身旁，把槍放進口袋，很鎮定地說道：

「請原諒，先生，我這樣防備你，我必須考慮到你是不是瘋了。不，我想你沒瘋，你來這裡是有不可告人的目的，你針對我的這番指控實在令人難以置信，我很想知道理由是什麼。」

他聲音激動，淚水似乎沾濕了那憂傷的雙眼。

羅蘋打個冷顫，莫非他弄錯了？直覺向他揭示的這個假設，這個僅憑細微末節而並無確鑿證據的假設，難道是錯的？但一個細節引起他的注意：在男爵背心凹口處領帶上別著飾針，他觀察到針尖的長度異於尋常，還有一個三角形形狀的金製軸部，就像一把小匕首，極其小巧精緻，但行家用來絕對威力無窮。

羅蘋不再懷疑，確信那鑲著耀眼珍珠的飾針便是刺進可憐的拉維努心臟的兇器。

他自言自語：

「男爵先生，你確實高明。」

而男爵先生，就像他根本不明白這到底是怎麼一回事，就像他理應得到一個合理的解釋一樣，一直嚴肅地保持沉默。無論如何，男爵冷靜沉著的反應確實讓羅蘋困擾不已。

「是的，你太高明了。顯然，男爵夫人只是聽你的話去提取現金，去公主那裡拿要買的首飾。顯然，從你的公館背著旅行包出去的不是你的夫人，是你的同謀，更確切地說，是你的情婦，是你的情婦自願在整個歐洲讓我們可愛的葛尼瑪追著跑。我覺得這確實是個妙計。既然大家追捕的是男爵夫人，你的情婦又有什麼危險呢？你懸賞一萬法郎抓捕男爵夫人，大家追的卻是另外一位夫人。噢！一萬法郎放在公證人那裡，高招！這賞金確實讓警察昏了頭。他們雙眼都被錢給矇蔽，認爲放一萬法郎在公證人那裡的人說的絕對是眞話。於是，大家追捕男爵夫人！讓你一個人安靜地慢慢打著算盤，將你的家當和賽馬場賣個好價錢，然後遠走高飛！天啊！多有趣啊！」

男爵沒有慌亂。他逼近羅蘋，一貫無動於衷地問道：

「你是誰？」

羅蘋大聲笑道：

「現在說這個有什麼意義？就當我是命運的使者，從黑暗中來讓你一敗塗地！」

他突然站起身，抓住男爵的肩膀，一字一句對他說道：

「或者，你想要活命，男爵，聽我說！男爵夫人的三百萬法郎，公主的大部分珠寶，你今天剛兌現的賽馬場和所有家當的錢，所有的錢都在這裡，在你的口袋或保險箱裡。你已經準備好逃跑了，瞧，你的皮箱就放在門簾後面，辦公桌上的文件都那麼整齊。就在今天晚上，你準備溜之大吉，你會喬裝打扮，沒人能認出你來。一切準備好，你就去找情婦碰頭，你大開殺戒就是爲了她，內麗・達貝爾，就是葛尼瑪在比利時抓住的那位女士。只是，突然間出現了一個意料之外的麻煩。拉維努向外界傳出了訊息，而十二個警探現在就在你的窗戶下監視著。你完蛋啦！好吧！我救你。只要我打一通電話，凌晨三、四點，二十個我的朋友就會清除你的障礙，擺平那十二個警探，不費一槍一彈，你就能順利逃走。至於酬勞，對你來說，九牛一毛，百萬法郎和珠寶給我一份，怎麼樣？」

他身體向前壓向男爵，不容爭辯地大聲說著。男爵低聲道：

「我明白了，你這是勒索……」

「勒不勒索，隨你怎麼說，你只管照我說的去做，別指望我會在最後關頭手軟。別想說：『嗯，這傢伙也怕警察，既然我們兩個都窮途末路，如果我冒個險拒絕他，他也有可能倒楣戴上手銬進牢房。』錯了，男爵先生。我向來都能順利脫險，只剩你……要錢還是要命。錢我們兩個平分，否則……否則，就上斷頭臺！怎麼樣？」

突然，男爵使勁掙開，拿起手槍，馬上開了一槍。

羅蘋早料到這一槍，在恐懼和狂怒的慢慢壓迫之下，男爵臉上早就不那麼冷靜，慢慢流露出兇狠如野獸般的表情，蓄意已久，他終於反抗。

他射了兩槍，羅蘋先是跳到旁邊，然後撲向男爵腳邊，用手抓住雙腿，努力將他摔倒，男爵用力掙脫。兩人扭打在一起，打鬥非常激烈。

突然，羅蘋感到胸口一陣刺痛。

「啊！小人！」他大吼道，「就是用這針殺了拉維努……」

他拚命地用力掐住男爵的喉嚨，最終順利將他制服，他贏了。

「笨蛋！如果你再多演一會，我可能就相信你了。你有一張多麼正直的臉！力氣還真大，男爵大人！剛剛我差點就相信你了……就差那麼一點！好啦，走吧，好傢伙，拿上針，打起精神……別，別擺出那種表情……我勒太緊，是不是？你要翻白眼啦？好吧，乖乖的……給你手上綁個繩子……你同意嗎？……我的天啊，我們看上去還真融洽！多麼令人感動！……你知道，我還蠻喜歡你的……不過，兄弟，注意囉！抱歉啦！……」

他半蹲下，用盡所有力氣，對著男爵腹部正中就是一記好拳，男爵哼的一聲，昏了過去。

「我的朋友，看你做的決定多魯莽。」羅蘋說，「我剛才說要平分，但現在我可什麼也不給你了——如果我能拿到什麼的話。現在這才是最要緊的，這傢伙會把錢藏哪呢？保險箱？哎喲！這就難辦了。幸好，我有整個晚上的時間……」

他開始翻男爵的口袋，找到一串鑰匙，先試了試藏在門簾後的行李箱，確定裡面沒有錢和珠寶，便走向保險箱。

就在這時，他突然停了下來，他聽到某處發出聲響。僕人？不可能，他們房間在四樓。聲音從樓下傳上來，他忽然間明白了，警察在聽到兩聲槍響後，不等天亮就敲門了。

「見鬼！」他說，「我被包圍了。現在這些先生們……就在我即將摘下辛勤勞作的果實時。看哪，看哪，羅蘋，冷靜！該怎麼辦？二十秒內打開一個你不知道密碼的保險箱？就爲這丟了性命？就這樣，你必須找出這個祕密。密碼有幾個字母？四個？」

他思考著，一邊自言自語，一邊聽著外面走動的聲音，把門廳的門上了兩道鎖，又走回保險箱前。

「四位數……四個字母……四個字母……該死，誰能助我一臂之力？……誰？……而拉維努已經，見鬼！這個可憐的拉維努，既然他那麼費盡心機，甚至不惜性命發出閃光暗號……啊！我眞笨。是的，是的，我知道了！他媽的！我太激動了，羅蘋，好好從一數到十，讓心跳慢下來，否則一不小心就會按錯。」

從一數到十，他完全平靜下來，蹲在保險箱前面，他小心翼翼地去按保險箱上的四個按鈕。然後，看了看鑰匙串，選了其中一把，接著另外一把，插進去，結果都沒用。

「第三次一定成功。」他一邊試著第三把鑰匙一邊自言自語著，「勝利！這把一定行！芝麻開門！」

鎖開了，門動了下，羅蘋拿出鑰匙，把保險箱挪近。

「幾百萬就歸我啦。」他說，「別怨我，瑞普斯坦男爵。」

但是，他向後跳了一步，倒吸一口氣。雙腿直打顫，手顫抖著，鑰匙碰撞著發出不祥的叮噹聲。儘管樓下發出吵雜聲，電鈴聲迴盪在公館內，他依然呆在那裡，二十秒，三十秒，目光呆滯地看著世上最恐怖、最可怕的情景：保險箱裡，一具半裸的女屍，折成兩截，像是一個大包裹……金色的頭髮垂下來……還有血……

「男爵夫人……」他結結巴巴說道，「男爵夫人！……噢！魔鬼！……」

突然間，他從恍惚中驚醒過來，朝著兇手的臉吐了口唾沫，用鞋跟踢了好幾腳。

「噢，你這混蛋！……噢，人渣！就憑這個，上斷頭臺去吧！去準備好裝腦袋的籃子吧！……」

警探還在樓下敲門，這時樓上也傳來此起彼落的對話聲，然後是他們衝下樓梯的聲音，羅蘋心想該準備撤退了。

他其實不會太擔心要怎麼離開這裡，和瑞普斯坦男爵談話時，他就覺得像這樣冷血的敵人肯定有一個祕密通道，如果男爵不能保證自己能順利躲過警察的話，又怎麼會反抗他呢？

羅蘋走進隔壁那間面朝花園的房子，就在警探們衝進房間的時候，他一躍跨過陽臺，沿著排水槽溜下去。繞了房了一圈，走到正面，有道長滿小灌木的牆，鑽進牆和灌木中，他看到一扇門，在那串鑰匙中找出一把鑰匙，輕而易舉打開了門。穿過一個院子、一棟有幾間房間空無一人的獨立小屋，一會兒後，他便來到了聖多諾黑區街。當然，他確定警察絕對沒想到有這個祕密通道。

*　　*　　*

「現在，你覺得這位瑞普斯坦男爵如何？哼！這個畜生！有時眞不能被外表迷惑！我向你保證，這傢伙看起來一副正人君子的樣子。」詳細跟我講完這個戲劇化的一晚後，羅蘋大聲說。

我問他：

「但是……百萬法郎呢？公主的珠寶呢？」

「在保險箱裡，我很清楚記得看見了一個袋子。」

「那麼現在那些錢呢？」

「還在那裡面。」

「不可能。」

「我發誓是眞的，我可以說我當時在害怕警察，或者找個更說得過去的理由。但原因其實很簡單……也很無趣……那感覺實在太不好了！……」

「什麼意思？」

「是的，親愛的朋友，那個保險箱、那個棺材發出的味道……不，我實在做不到……頭朝著我……再多看一秒，我都受不了。這是不是很傻？拿去，這就是我這次冒險拿到的全部東西，領帶的飾針。珍珠最少也值五萬法郎……不過，說實話，我當時眞的是緊張極了，眞傻！」

「還有一個問題。」我說，「保險箱密碼？」

「嗯？」

「你是怎麼猜出來的？」

「哦！非常簡單，我都奇怪我怎麼沒早點猜出來。」

「所以？」

「密碼就藏在那位可憐的拉維努發送的祕密暗號裡。」

「哦？」

「親愛的朋友，注意那些拼錯的單字。」

「拼錯的單字？」

「嗯！是故意拼錯的。身爲男爵的祕書兼總管，怎麼可能會寫錯幾個簡單的單字？所以他是故意寫錯的，fuire多了個e結尾，ataque只有一個t，enemies只有一個n，prudance錯寫成a？我注意到這點，就將四個字母組合起來，就得出了這個單詞ETNA（埃特納），男爵那匹名馬的名字。」

「就靠這麼一個詞？」

「我的天啊！這就夠啦，首先，它讓我想到所有的報紙都在討論的瑞普斯坦事件，其次，讓我

 041

猜測這個可能是保險箱的密碼，一方面，拉維努知道保險箱裡藏著的可怕東西，另外他還意圖揭發男爵。同樣，也是這個讓我猜到拉維努在這條街上有一位朋友，他們經常光顧同一家咖啡館，一起玩報紙上的密碼遊戲，他們想出了經由窗戶反射太陽光的聯絡方法。」

「就這樣。」我喊道，「就這麼簡單！」

「是很簡單，這次冒險也再次證明，有時候要破案，直覺比起案件調查、觀察、推理、論證和其他無益的廢話更重要。我再重複一次，直覺和智慧……不是自吹自擂，我亞森・羅蘋兩樣都有。」

譯註：

①本句法文原文中有四個單字拚錯：fuir（躲開）拚成fuire；attaques（攻擊）拚成ataques；ennemies（敵人）拚成enemies；prudence（謹慎小心）拚成prudance。

②羅蘋唸的這兩句詩，是出自於法國詩人阿佛瑞德・德・繆塞（Alfred de Musset，一八一〇～一八五七）為他自己的墓誌銘寫的一首詩。

chapter 2

結婚戒指

伊凡娜・歐里尼輕吻著她的兒子，叮嚀他要乖點。

「你知道奶奶不太喜歡小孩，難得叫你去她家一次，一定要表現給她看，讓她知道你是一個懂事的好孩子。」

然後，她又對德國藉的家庭女教師說：

「記住，晚飯後馬上把他帶回來……先生在家嗎？」

「是的，夫人。伯爵先生現在在書房。」

房裡只剩下她一個人，伊凡娜・歐里尼走到小客廳窗邊，想在兒子出門時看上一眼。沒多久，她兒子就從公館走了出來，像往常一樣，抬起頭不停的向伊凡娜拋出飛吻。然而，伊凡娜驚訝地發

 043

現，家庭女教師異常粗暴地抓著他的胳膊，她探出身子，看到當孩子走到大街轉角的時候，一個男人從車上下來走近他。她認出這個男人是貝納德，她丈夫的心腹僕人，這個男人抓住孩子的手臂，把他塞進車裡，女教師也隨後上了車，接著貝納德便吩咐司機開車離去。

這一切沒超過十秒。

伊凡娜嚇呆了，抓起一件外套，衝向門口。但門已經上鎖，鑰匙沒插在門上，情急之下她想跑回臥房。

通往臥房的門也被鎖上了。

她丈夫的臉孔突然浮現在她的腦海中，這張臉永遠那麼陰沉，沒有一絲笑容。這麼多年以來，從他冷酷無情的眼神中，她一直感到一種怨恨和敵意。

「是他！……是他！……」她自言自語道，「他把孩子帶走了……啊！這太可怕了！」

她發瘋似的揮舞手腳敲打著門，又衝到壁爐那猛按電鈴，一切都是徒勞無功。

鈴聲在整個公館內震動著，僕人們也許會趕來，街上的路人也許會駐足停留，她瘋狂地按著電鈴，希冀這渺茫的希望。

鎖一陣響動，門突然被打開，伯爵出現在小客廳門口，他的表情猙獰，伊凡娜顫抖起來。

他走向前，離她只有五六步遠。她用盡全身力氣，試圖動一下，卻發現自己依然一動也不動，她想努力開口說話，卻只能夠蠕動嘴唇，發出斷斷續續的聲音。她感到絕望，因爲死亡的逼近感到驚慌，跪倒在地，呻吟著縮成一團。

伯爵大步向前，一把掐住她的喉嚨。

「閉嘴……不要再叫了……」他低沉地說，「這對妳比較好……」

看到她不再試圖反抗，他鬆開手，從口袋裡掏出早就準備好的長短不一的繩子。幾分鐘後，便將伊凡娜手腳緊緊捆綁住，丟在長沙發上。

小客廳漸漸暗了下來，伯爵打開燈，走向伊凡娜習慣放些信件的寫字臺。抽屜鎖著，他便用鐵鉤撬開，將抽屜的資料全部倒出來，堆成一堆，裝進一個紙袋拿走。

「我在浪費時間，是不是？」他譏諷著，「都是些沒意義的發票、信件……沒什麼證據能指控妳……哼！但我會把我的兒子留住的，我向上帝發誓，我絕對不會鬆手！」

說完，他走出門，僕人貝納德已在門口處候命，他們兩個低聲交談著，伊凡娜隱約聽到僕人說的話：

「我收到首飾匠的回信了，他一切聽我的。」

伯爵答道：

「把事情推遲到明天中午，我母親打電話跟我說她沒法提早來。」

接著，伊凡娜便聽到上鎖的聲音，腳步聲一直下到一樓，她丈夫的書房就在那兒。

很長一段時間裡，她一動也不動，頭腦一片空白，毫無思緒，偶爾閃現的想法也是亂七八

045

糟。她想起歐里尼伯爵的一些卑鄙行徑，還有針對她的一些下流手段，他的要脅，甚至他的離婚計畫。她漸漸明白，她現在是一起陰謀的受害者。僕人們聽從主人的命令，休假到明天晚上，家庭教師也聽從他的命令，和貝納德一起將她的孩子帶走，她的孩子再也不會回來了，她再也看不到他了！……

「我的兒子！」她喊道，「我的兒子……」

在絕望的痛苦中，她拚命用盡全身力氣挺起身，驚訝的發現右手還能稍微活動。這點希望讓她亢奮無比，她開始耐心地、慢慢地努力將繩索打開。過程很漫長，她用了很長的時間才把手上的結解開，又用了很長時間把綁住手臂和上半身的繩子解開，接著解開了綁住她腳踝的繩子。

救兒子的信念支撐著她，當掛鐘敲了八下時，最後一根繩索打開了，她終於自由了！

她一站起來，就衝過去打開窗戶，想大聲向行人呼救，這時，有一個警員走在人行道上，她探出頭，夜光照在臉上，忽然想起這是一樁醜聞，想到一旦報警可能會隨之而來的調查、訊問，還有她的兒子將會面對的處境，她開始漸漸平靜下來。天啊！怎樣才能奪回兒子？怎樣才能逃出去？一旦發出任何聲響，伯爵便會趕過來，誰知道他在發狂之下會做出什麼事……

突如其來的驚恐下，她顫抖著，可憐的她腦子裡想著她的兒子，帶著對死亡的恐懼，她壓著嗓子，結結巴巴道：

「救命！……救命！……」

她突然住了口，然後再用更低的聲音重複著：

「救命！……救命！……」這個詞好像喚醒她一個久遠的記憶，期待別人來搭救她似乎不是一件不可能的事。她深深地沉思了好幾分鐘，不過總被自己時不時的抽泣和顫抖打斷。然後，她近乎機械式地伸出手，在寫字臺上方懸著的小書架上，一本一本地翻著那些書，終於在第五本書裡面翻到了一張名片，映入眼簾的是：**奧瑞斯．維蒙**，名片上寫的地址是：**皇家路俱樂部**。

她想起幾年前，也是在這個公館裡，在一次宴會上，這個男人跟她說過的奇怪的話：

「如果有一天妳受到威脅，如果有一天妳需要幫助，請不要猶豫，把我放進這本書的名片丟到郵筒裡，無論什麼時候，無論什麼麻煩，我都會來幫妳。」

他如此怪異地說出這樣一句話，卻給人一種堅定無疑、無所畏懼、毫不屈服的感覺。

不知不覺間，這個無法抗拒的選擇控制了她，她拒絕預測這種行爲的結果，無意識地拿起一張空信封，把名片放進去，封起來，在信封上寫下：**奧瑞斯．維蒙**，**皇家路俱樂部**，然後走向半開的窗戶。外面，警員止在巡邏，她丟出信封，把一切交給命運。也許警員會撿起這封信，以爲是誰弄丟的，把它放進郵筒。

她知道這個行爲實在太荒唐了，並沒有指望眞的會有用。如果說希望這封信能送到目的地是有點瘋狂，那麼期望那個男人能來搭救她就更瘋狂了，她竟然會相信他說的「無論什麼時候，無論什

047

麼麻煩。」

想到這，伊凡娜之前努力鼓起的氣力突然間消失殆盡，踉蹌著靠在一張躺椅上，全身筋疲力盡的躺了下來。

時間一分一秒的過去，冬日夜晚的街道悄無聲息，只有偶爾經過的車輛才會打破這沉寂。掛鐘依舊不緊不慢地敲著，迷迷糊糊中，她數著鐘聲，聽著房子裡每層傳來的聲音，從中得知她丈夫吃過晚飯，上樓到臥房，又下樓進書房。但是一切都如此模糊，麻木的她甚至都不想躺回長沙發上，以防她丈夫走進房間……

鐘敲了十二下……然後是十二點半……一點……伊凡娜什麼都不願想，因爲在這場蓄謀已久的陰謀最後攤牌之前，除了等待，所有的反抗都是徒勞。她夢見她和她的兒子，像世間所有受盡苦難而不再受苦的人們一樣，充滿感恩之意的緊緊抱在一起。突然，噩夢將她驚醒。她夢見有人想把他們拆散，兩個苦命的人，她驚慌失措，大叫、哭泣、呻吟著……

她一下子又站了起來，因爲聽到了鑰匙開門的聲音。也許是伯爵聽到她的叫聲，要過來查看。瞄了瞄周圍，伊凡娜想找件防衛的武器，但門已經打開了，她大吃一驚，眼前出現了最令人難以置信的奇跡，她結結巴巴說道：

「你！……你！……」

一個男人走向她，穿著體面，圍巾和禮帽夾在胳膊下。這個身材修長，儀態高貴的年輕男子，伊凡娜認出他就是奧瑞斯・維蒙。

「你！」她又說了一遍。

他向她致意，說道：

「請原諒，夫人，我來晚了。」

「怎麼可能！怎麼可能是你！……你怎麼能！……」

他看上去很吃驚。

「我不是答應過聽候妳的差遣嗎？」

「是的……但是……」

「那不就好了，我來了。」他微笑著說道。

他看了看伊凡娜成功解開的繩子，搖了搖頭，繼續觀察著。

「他們就是用這種東西？歐里尼伯爵，是嗎？……我看他還把妳囚禁起來……那，信封是怎麼？……啊！窗戶……沒把窗戶封上，這太不小心了！」

他推開兩扇窗，伊凡娜嚇了一跳。

「萬一被人聽到？」

「我剛才已經到處參觀過，公館裡一個人都沒有。」

「但是……」

「妳丈夫已經出門十分鐘了。」

「他去哪？」

「去他母親老歐里尼伯爵夫人那裡。」

「你怎麼知道？」

「啊！這很簡單，他接到一通電話，說他母親生病了。我之所以知道，是因爲電話就是我打的。伯爵匆匆忙忙出了門，他的僕人跟著他。接著，我就用我自己的專門鑰匙進來了。」

他很自然地講述這件事，就像在一場沙龍上，人們講述一次不起眼的趣聞軼事一樣。但是，伊凡娜突然擔憂地問道：

「所以，那不是眞的？……他的母親沒有生病？……那我丈夫很快就會回來了……」

「當然，伯爵發現被人戲弄，最多四十五分鐘後……」

「我們逃吧……我不想再讓他看到我在這裡……我要去找我的兒子……」

「先等一下……」

「等一下！……難道你不知道他被人從我身邊奪走了嗎？也許現在就有人在虐待他。」

她神色焦急，激烈的推著維蒙。他溫柔地、輕輕地強迫她坐下，恭敬地靠近她，低聲說道：

「聽我說，夫人，時間寶貴，不要浪費任何時間。首先，請回憶一下：我們一共見過四次面，第四面是在六年前，就在這間公館的客廳裡，我跟妳談話間，透露出太多的……怎麼說？太多的感情，妳讓我覺得似乎我的出現讓妳不愉快。從此，我就再也沒有見過妳。然而，無論如何，因為妳對我的信任，保留了我放在這本書中的名片，六年後，妳召喚的不是別人，而是我。這份信任，我請求妳繼續對我保持著。妳必須無條件聽從我，因為，不論有多大困難，我都會趕來；不論情形如何，我都會救妳。」

奧瑞斯．維蒙的鎮定，還有他威嚴的聲音、親切的語氣慢慢地讓這位年輕的女士平靜下來。在他的面前，虛弱無力的她又重新放鬆，感到無比安全。

「一點也不用害怕。」他又說道：「老歐里尼伯爵夫人住在文生森林公園的另一邊，就算妳丈夫找得到車搭，他也不可能在三點十五分前趕回來。現在兩點三十五分，我向妳保證三點整我們就能離開，我帶妳去找妳的兒子，但我不想什麼都沒弄清楚就離開。」

「那我應該怎麼做？」她說。

「回答我的問題，清楚的回答我，我們有二十分鐘，足夠了，但也沒多餘的時間浪費。」

「問吧。」

「妳認為伯爵是計畫要犯罪？」

「不。」

「那是跟妳兒子有關？」

「是的。」

「他把他從妳身邊奪走，是不是因爲他想離婚，娶另外一個夫人，一位妳的老朋友，妳曾把她從家裡趕走？……哦！我請妳不要拐彎抹角，這些都是眾所皆知的事，現在妳不能再有任何猶豫、遲疑，因爲這關係到妳的兒子。那麼，妳丈夫想娶那一位夫人？」

「是的。」

「這位夫人沒有財產，而妳丈夫已經破產，除了老歐里尼伯爵夫人給他的生活費、妳的兒子從妳的兩個叔叔那裡繼承的一大筆遺產外，沒有任何其他資產。妳丈夫覬覦的便是妳兒子的那筆財產，如果孩子歸他，他便能輕而易舉地將其據爲己有。而這只有一個方法：離婚。我沒搞錯吧？」

「沒。」

「現在唯一的阻礙便是：妳拒絕離婚。」

「是的，還有我的婆婆，她的宗教信仰也反對離婚這件事，只有一種情況她會同意我們離婚……」

「什麼情況？」

「我有出軌行爲的情況下。」

維蒙聳聳肩。

「因此，從法律上來看，他根本沒辦法對妳和妳兒子做什麼，他想要謀取的利益面對著世上最難以克服的障礙——一位夫人正派的美德。但是，現在他卻突然採取了行動。」

「你想說什麼？」

「我想說的是，像伯爵這樣的一個人，怎麼會突然冒險做這樣一件沒有把握的事，除非他已經有……或者他認爲自己握有一些證據。」

「什麼證據？」

「我不知道，但是確實是有的……要是沒有這個證據他就不可能開始行動，把妳兒子奪走。」

伊凡娜感到一陣絕望。

「太可怕了……我，我怎麼知道他會做出什麼！……他能編出什麼！……」

「努力想一下……好好想想……看，這個被他撬開的抽屜，難道沒有一封信他能拿出來攻擊妳的？」

「沒有。」

「他跟妳說的話中，他的威脅中，有沒有什麼能讓妳猜到……」

「沒有。」

「但……但是……」維蒙反覆說著，「應該有些什麼才對。」

他接著說：

「伯爵有沒有很親近的朋友……非常信任的？」

「沒有。」

「昨天有沒有人來找過他。」

「沒有。」

「當他把妳捆起來、關起來的時候，他是一個人嗎？」

「那個時候，是的。」

「然後呢？」

「然後，他的僕人和他在門口處碰頭，我聽到他們在談論一個首飾匠……」

「就這些？」

「還有他們推遲了一件明天（也就是今天中午）可能會發生的事，因爲我婆婆沒法提早來。」

維蒙想了想。

「這段對話能讓妳明白妳丈夫的計畫嗎？」

「不明白……」

「妳的首飾在哪？」

「我丈夫都賣掉了。」

「妳一件都沒留下？」

「一件都沒有。」

「連一枚戒指也沒有？」

「沒有。」她邊說邊拿出手，「只剩這個戒指。」

「是妳的結婚戒指？」

「是……我的……」

她停住了，一言不發，維蒙注意到她臉紅了，然後他聽到她結結巴巴說道：

「怎麼可能……不……不……他不知道……」

維蒙馬上緊逼著她問，但伊凡娜不吭聲，一動不動，神色焦慮。最後，她低聲說道：

「這不是我的結婚戒指，很久之前，有天我待著房間裡的時候，把戒指掉到壁爐裡，我找了又找，還是沒有找到。我沒有對誰說起，又訂製了一只……就是我手上這只。」

「眞正的結婚戒指上刻著妳的結婚日期？」

「是的……十月二十三號。」

「那第二只呢？」

「這個沒有任何日期。」

他感到她有些許遲疑和窘迫，但並沒試圖掩飾這種情緒。

「我請妳……」他說：「不要對我隱瞞任何事情……妳看，就像剛才一樣，我們冷靜而有邏輯，我請妳繼續保持下去。」

「你確定有這個必要嗎？……」她問。

「我確定，哪怕最小的細節都至關重要，我們就快達到目的了，但是要趕快，時間很緊迫。」

「我沒什麼好隱瞞的。」她抬起頭，說道：「那是我一生中最不幸、最波折的日子。在家被人羞辱，在外就像所有被丈夫拋棄的妻子一樣身邊圍繞著各種諂媚、誘惑、陷阱。那時，我想起……在我結婚前，我曾經愛慕過一個男人，我當時因爲那是不可能成眞的愛情而痛苦，然後愛情就結束了。因此我就把這個男人的名字刻上，戴著這個戒指就像戴護身符一樣。我對他已經沒有愛意，因爲我是另一個人的妻子。但是在我內心深處，依然有一段回憶，一個不滅的夢，這些美好的東西保護著我……」

她慢慢地說著，沒有一絲尷尬，維蒙沒有絲毫懷疑她說的不是事實，看他不說話，她又焦慮起來，問道：

「你覺得我的丈夫……」

他抓住她的手，一邊檢查著戒指一邊說道：

「謎底就在這，你丈夫，我不知道他是如何得知這件事。明天中午，他母親會過來，然後在他母親當證人的面前，他會強迫妳拿下戒指，這樣，他就能在他母親的首肯下成功離婚，因爲他已經找到了他尋找已久的證據。」

「我完了。」她悲聲道：「我完了。」

「正好相反，妳獲救了！把這戒指給我……一會兒，他得到的就會是另外一只，我在中午前拿來上面刻著十月二十三日的戒指，這樣一來……」

他突然停住了，因爲他說話時，伊凡娜的手在他手中變得冰涼，他抬起頭，看到年輕女士臉色慘白，如死人般慘白。

「怎麼了？……夫人……」

她似乎絕望的發了瘋。

「我……我完了！我沒法把它拿下來，這該死的戒指！它變得太緊了！……你明白嗎？我本以爲這不要緊，都忘記這件事了……但今天……卻成爲指控我的證據……啊！這是什麼樣的折磨！看……它已經變成我手指一部分了……它已經陷進我的肉裡……我沒辦法……我沒辦法。」

她不顧自己會不會受傷，用盡力氣拔，卻怎麼也拔不出，戒指周圍的肉都腫了起來，戒指卻一動也不動。

「啊！」她像被一個念頭嚇住了，結結巴巴地說：「我想起來了……有天晚上……我做了個噩夢……似乎有個人走進我的房間，抓著我的手。我卻醒不過來……是他！是他！我確定……然後他看著戒指……啊！我懂了……今天下午他就要把我帶到他母親面前……那個首飾匠……他會把這只戒指剪斷……你看……我輸了……」

她埋下頭，開始哭泣，一片沉寂，座鐘敲了一下、一下、又一下，伊凡娜跳了起來。

「啊！」她喊道：「他要來了……他要來了……三點了……我們走吧……」

「妳留下。」

「我的兒子……我要見他，我們去帶走他……」

「但是，你知道他在哪嗎？」

「我要走！」

「妳留下！……別做傻事。」

他抓住她的手腕，她想努力掙脫，維蒙只能略爲粗魯地制止她的反抗。最後，他終於把她拖回長沙發處，讓她躺下，然後不管她的抱怨，將她的手臂和腳踝綁起來。

「是的。」他說：「逃走是件蠢事，妳想想他們會認爲誰幫妳鬆綁？誰幫妳開門？同夥？這就剛好成爲對付妳的證據，妳丈夫又可以向他的母親指控妳。妳逃出去有什麼用？妳逃走，就等於同意離婚……結果會怎樣誰知道？……所以妳必須留在這。」

她抽泣著。

「我很害怕……我很害怕……這個戒指弄得我很痛……把它剪斷……把它剪斷……拿走……再也沒人找得到！……」

「如果別人發現妳手指沒戒指，那是誰幫妳剪斷的？又是同夥……不，妳必須正面對抗，勇敢點，我能解決一切問題的……相信我……我能解決一切問題……我可以攻擊老歐里尼伯爵夫人，讓她不能赴約……或者我明天中午前來，保證別人從妳手上拿下的戒指就是妳的結婚戒指……我向妳保證……妳會奪回妳的兒子……」

伊凡娜本能地順從他，任由他捆住，他再站起來時，她已經像之前一樣捆著。

他檢查了下周圍，確保沒有任何蛛絲馬跡顯示出他來過，然後他又彎下腰，對年輕女士輕聲說道：

「想想妳兒子，不論發生什麼，都不要害怕……我會保護妳……」

她聽見他打開小客廳的門又關上，幾分鐘後，他關上了大門離開。

三點半，一輛汽車停了下來，樓下的門打開了，幾乎馬上伊凡娜就發現她丈夫兇狠地走了進來。他跑向她，確定她還被綁著，然後，用力拉起她的手，檢查那只戒指，伊凡娜昏了過去……

當她醒過來的時候，她不知道她到底睡了多久。但是，大白天強烈的亮光已經照進小客廳，她動了一下，發現身上的繩子已經切斷了。然後，她轉過頭，發現她丈夫正盯著她。

「我的兒子……我的兒子……」她呻吟著：「我要我的兒子……」

他回答，她發覺他的語氣裡充滿了嘲諷：

「我們的兒子在一個很安全的地方。目前，要擔心的不是他，是妳。也許是最後一次我們這樣面對面了，接下來我們進行的談話很重要。我先警告妳，這會當著我母親的面進行，妳不會認爲這有什麼不妥吧？」

伊凡娜努力掩飾自己的慌亂，答道：

 059

「沒什麼不妥。」

「我能去叫她嗎？」

「能，這段時間裡讓我獨處一下，她來的時候我會準備好的。」

「我母親已經在這了。」

「你母親已經在這？」伊凡娜喊道，驚慌失措，腦裡想著奧瑞斯・維蒙的承諾。

「是的。」

「就現在？……你說的是馬上……」

「是的。」

「爲什麼？……爲什麼不在今天下午？……明天呢？」

「今天，就現在。」伯爵大聲宣告，「昨天晚上發生了一件奇怪的事情，我很奇怪，有人讓我去我母親那裡，目的很明確是讓我離開這裡。這讓我決定提前開始進行這場對話，妳在這之前想吃點東西嗎？」

「不……不……」

「那我去找我母親。」

他走向伊凡娜的臥室，伊凡娜瞄了眼座鐘，指針顯示十點三十五。

「啊！」她害怕地發抖。

十點三十五！奧瑞斯・維蒙救不了她，這世上沒人、沒什麼能救得了她，不可能發生像戒指不在她手指上這種奇跡。

伯爵和老歐里尼伯爵夫人一起回來，並請她坐下。這是一位削瘦乾癟的老婦人，對伊凡娜總懷著一股敵意，她甚至不跟她媳婦打招呼，好像伊凡娜已經被判有罪一樣。

「我覺得不用囉嗦。」她說：「簡而言之，我的兒子聲稱……」

「我不是聲稱，我的母親。」伯爵道：「我確信、我發誓，三個月前，休假時，地毯工人在重鋪小客廳和臥房地毯的時候，在地板縫隙裡找到了我送給我妻子的結婚戒指。這只戒指，你看，裡面刻著十月二十三號的日期。」

「那……」老伯爵夫人道：「你妻子手上戴的……」

「是她重新訂做的，用來代替眞的這只。在我的指示下，貝納德，我的僕人，調查很久後，終於找到了我妻子當時找的這位首飾匠，他現在住在巴黎郊區。這個男人清楚地記得並準備爲此作證，他的女顧客沒有讓他刻上一個日期，而是一個名字。這個名字，他想不起來，但也許他店裡的工匠會想起來。收到我請求他幫忙的信後，他昨天已經答應今天任憑差遣。今天早上九點後，貝納德就去找他了，他們倆現在就在我的書房等著。」

他轉向他妻子。

「妳是否願意把這只戒指給我？」

她說：

「你很清楚，那天晚上你打算趁我不睡著時拿走它的時候也試過了，戒指拔不下來。」

「既然這樣，我能讓首飾匠上來嗎？他有工具。」

「好。」她虛弱地答道。

她順從著，她似乎看見了未來，針對她的醜聞、離婚官司，孩子最後判給父親撫養，她默默接受這一切，心想她要搶走她兒子，和他一起逃到世界盡頭，只有他們兩個，幸福快樂地生活在一起……

她婆婆對她說：

「妳實在太輕浮了，伊凡娜。」

伊凡娜差點就要向她坦白，尋求她的保護。有什麼用？怎麼保證老歐里尼伯爵夫人相信她是無辜的？因此她沒有反駁。

很快，伯爵回來了，後面跟著他的僕人和一個男人，胳膊上掛著一個工具包。

然後伯爵對這個男人說：

「你知道怎麼做吧？」

「是的。」工匠答道，「戒指變得太小了，要把它鉗斷……很簡單……只要一鉗……」

「你鉗完馬上檢查一下。」伯爵說，「看這枚戒指內壁的字是不是你刻的。」

伊凡娜看了看鐘，十一點差十分，她似乎聽到公館某處有爭吵的聲音，她又生起一絲希望。也許維蒙做到了……但是，又傳來一陣聲音，她意識到只是商人從窗戶下路過，又漸漸走遠。

一切都完了，奧瑞斯・維蒙救不了她，她明白，要找回她的兒子，必須憑藉她自己的力量，別人的諾言都靠不住。

她後退一步，看到那工匠骯髒的手放在她手上，這可憎的接觸激起她的反抗。

男士很尷尬地道歉，伯爵對他妻子說道：

「妳必須作出決定。」

她顫抖著伸出纖纖玉手，工匠拿起，轉過來，放到桌上，掌心朝上。伊凡娜感到冰冷的鋼鉗，她寧願一死了之，一想到死，她一下子想到她之前買的毒藥，也許這能讓她在不知不覺地死去。

工匠很快就完成了，鋼鉗的小鉗子擠進戒指和肉之間，弄出足夠縫隙，然後鉗子鉗住。一用力……戒指斷了。只需把戒指兩端掰開，就能從手指上拿下來。

伯爵慶祝勝利般大聲歡呼：

「好啦！現在我們可以知道……證據就在這！我們都是證人……」

他緊緊抓住戒指，盯著刻文。忍不住發出一聲驚呼，戒指上刻著他和伊凡娜的結婚日期：十月二十三日。

＊　＊　＊

我們坐在蒙地卡羅的一家露天咖啡店，故事講完了，羅蘋點燃一支香菸，平靜地對著藍色的天空吐著菸圈。

我對他說：

「然後呢？」

「然後什麼？」

「什麼？故事的結尾……」

「故事的結尾？就這個，其他沒啦。」

「看……你又在開玩笑了……」

「完全沒開玩笑，這對你還不夠嗎？伯爵夫人獲救了，她丈夫沒有任何證據指控她，被他母親強制放棄離婚的念頭，歸還孩子，就這些。從此他遠離他妻子，而她則和她的兒子幸福地生活在一起，孩子現在已經十六歲了。」

「是的……是的……但是伯爵夫人是怎麼被救的？」

羅蘋哈哈大笑。

「我親愛的朋友……」（羅蘋嘲笑我時總愛這麼叫我。）

「我親愛的朋友，你可能因為要發表我這些冒險故事而需要得到更多的內幕，但是天啊！只要想通一點，我保證伯爵夫人這件事就無需再多加解釋。」

「我臉皮厚得很。」我笑著對他說，「給個提示。」

他拿起一張五法郎紙幣，然後合上手。

「我手裡有什麼？」

「一張五法郎的紙幣。」

他打開手掌，五法郎的紙幣不見了。

「你看，這多簡單！首飾匠用鉗子掐斷刻著名字的戒指，給大家看的卻是另外一個刻著十月二十三日的戒指。只是一個簡單的魔術小把戲，我藏著的把戲還有很多呢，哎呀！我跟魔術師匹克曼可足足學了六個月。」

「但是然後呢……」

「就這樣。」

「首飾匠？」

「就是奧瑞斯．維蒙！就是勇敢的羅蘋！凌晨三點離開伯爵夫人前，我用幾分鐘檢查了伯爵的書房。在書桌上找到首飾匠寫的信，信上有地址。只花幾枚金幣，我就代替了首飾匠，帶著一只已經剪斷且刻好日期的戒指回到公館。嘿，說變就變，伯爵什麼都沒發現。」

「太棒了。」我喊道。

接著，輪到我用嘲弄的口氣說：

「你難道不覺得你自己也被騙啦？」

「啊！被誰？」

「伯爵夫人。」

「騙我什麼？」

「見鬼！刻個名字當護身符……曾經愛慕一個神祕的男人，爲他痛苦……這種說法根本一點都不可信，我忍不住問自己，不論羅蘋多麼厲害，你是不是被騙了，其實是碰上了一件浪漫的外遇故事……而且眞相並不單純。」

羅蘋歪著頭看著我。

「不。」他說。

「你怎麼知道？」

「就算伯爵夫人告訴我的，她在結婚前認識這個男人，她內心深處愛慕過他，這段愛情已經結束了等等都是謊話。我也有證據證明那只是柏拉圖式的愛情，那個男人並不可疑。」

「證據是什麼？」

「它就刻在戒指內壁，我親手從伯爵夫人手上鉗斷的，我現在就帶著。看，你可以看一下伯爵夫人刻在上面的名字。」

他給我戒指，我一看：**奧瑞斯．維蒙**。

羅蘋和我都安靜了一會兒，我注意到他的臉上掠過一絲感動，一點憂愁。

我說：

「你爲什麼決定跟我講這段故事……你在我面前經常提起這件事？」

「爲什麼？」

他用手給我指了指，一位貌美的婦人挽著一位年輕人從我們前面走過。

她看到了羅蘋，向他致意。

「是她。」他低聲說：「和她兒子。」

「她認出你了？」

「她向來能認出我來，不管我化妝成什麼樣子。」

「但是，自從堤貝曼尼城堡劫案①後，警方已經宣佈羅蘋和奧瑞斯．維蒙是同一個人了。」

「是的。」

「因此她很清楚你的眞實身分。」

「是的。」

「那她還跟你打招呼？」我不自覺地大聲道。

他狠狠地抓住我的胳膊，說：

「所以你認爲我是羅蘋，在她眼中就是一個強盜、一個騙子、一個惡棍？不……就算我是世界上最混蛋的人，就算我可能殺了人，她還是會跟我打招呼的。」

「爲什麼？因爲她愛過你？」

「不，那只是讓她可能會因此看不起我的理由。」

「那是爲何？」

「因爲我是把她兒子還給她的那個人。」

譯註：

①提貝曼尼城堡劫案：請參見亞森・羅蘋冒險系列之一《怪盜紳士亞森・羅蘋》第九章〈遲來的福爾摩斯〉。

chapter 3

影子標記

「我收到你的電報。」一位花白鬍鬚，穿著栗色禮服，戴著頂寬沿帽的先生走進來，對我說，「我來了，什麼事？」

如果不是因爲一直在等亞森・羅蘋來，他這一身退休老兵的打扮我一定認不出來。

「怎麼了？」我回道，「哦！沒什麼大事，只是有件很奇怪的巧合，我想既然你熱中於探究神祕事件，不如查查這件事情……」

「然後呢？」

「你在趕時間嗎？」

「如果這件事情不值得我費神的話，那我就在趕時間，所以，直接講重點吧。」

 069

「講重點，好吧！首先，請看一眼我上星期在左岸一家佈滿灰塵的商店發現的這幅畫，我買下這幅畫，是因爲畫框是法蘭西第一帝國時期的樣式，雕飾著雙層棕葉……不過畫本身很普通。」

「普通，確實。」停頓一會後羅蘋說，「但畫的主題別有一番味道……老院子的這角有希臘柱廊的圓亭、日晷、池塘，一口有著文藝復興時期蓋子的廢棄水井，還有臺階和石凳，這些都很別緻。」

「也很眞實。」我插話，「畫得好不好不提，這幅畫本身絕對是第一帝國時期的畫作。還有，日期在這裡……看，在左下角，這些紅色的數字，15－4－2，一定是一八〇二年四月十五號。」

「的確……的確……但是剛剛你說這是奇怪的巧合，我還沒發現其中的奇怪之處……」

我走到房間一角拿來一個望遠鏡，放在三腳架上，瞄準馬路的另一邊，我公寓正對面，有一間小房間敞開的窗戶，我叫羅蘋看。

他身體靠過來，這個時間點的陽光將那個房間照得通亮，可以看到一些簡陋的桃花心木傢俱，一張很大的裝飾著印花床幃的兒童床。

「啊！」羅蘋突然說，「同樣一幅畫。」

「一模一樣！」我確定地說，「看日期……你看到紅色的日期了嗎？15－4－2。」

「沒錯，我看到了……誰住在這間房裡？」

「一位女士……或者說一位女工人，她迫於生計必須……做一些針線活，勉強養活她自己還有她的孩子。」

「她怎麼稱呼？」

「露易絲・艾內蒙……根據我的消息，她是恐怖統治時期①被處決的一位大地主的曾孫女。」

「和安德烈・謝尼爾②同一天。」羅蘋說，「根據當時的回憶錄記載，這個艾內蒙非常富裕。」

他抬起頭，問我：

「歷史很有趣……但你找我來，就爲了跟我說這個？」

「今天是四月十五號。」

「然後？」

「然後，昨天我從一個愛說閒話的門房太太那裡得知，四月十五號在露易絲・艾內蒙的生活中佔有重要的位置。」

「不可能！」

「今天與她一貫的作息不同，其餘每天她都辛勤工作，將公寓的兩個房間收拾整潔，女兒從市鎮小學回來後就爲她準備午飯……而四月十五號這天，她和女兒總是將近十點出門，一直到傍晚才回來。這種情況，持續了好幾年，風雨無阻。你得承認這很奇怪，我在一幅舊油畫上看到的日期，竟是艾內蒙大地主後代每年定期外出的日子。」

「奇怪……你說得對……」羅蘋慢慢說道，「知道她去哪裡嗎？」

「沒人知道，她從未對人說起，再說她的話也不多。」

「這些消息都準確嗎？」

「完全準確，證據確鑿，瞧，她就在那兒。」

對面的一扇門打開，一個七八歲的小姑娘從裡面走了出來，來到窗下。她身後跟著一位女士，個子高眺，美貌猶存，柔和的神情略帶憂愁。兩個人看來正準備好要出門，雖然穿著簡樸，但在這位憂鬱的母親身上卻有一種優雅的感覺。

「你看。」我低聲說，「她們馬上就要出門了。」

的確，一會兒後，母親抓住孩子的手，一起離開了房間。

羅蘋拿起帽子。

「你要一起來嗎？」

一股強烈的好奇心讓我做不出一絲反對，我和羅蘋一起下樓。

來到街上，我們發現這位女鄰居走進一家麵包店。她買了兩個麵包放進她女兒手上提著的一個小籃子裡，看起來裡面應該已經放了些食物。然後她們走上旁邊的大道，一直走到星星廣場，然後轉進克雷拜爾大道，一直走到帕西區入口處。

羅蘋安靜地走著，我很高興能看到他也心事重重，他時不時蹦出的話告訴我他正在思考，我可以看出整件事情對他來說，跟我一樣都還是個謎題。

露易絲·艾內蒙左轉走上瑞諾瓦街，這是一條寂靜老街，佛蘭克林和巴爾扎克都曾經在此居住，沿路矗立著很多老房子，旁邊還有一些精緻的小花園，讓人感覺彷彿到了鄉村。在瑞諾瓦街俯瞰的一處小山坡下，塞納河靜靜地流著，坡上很多小街道都延伸到河岸。

女鄰居走的是其中一條窄窄的、彎彎曲曲的荒蕪小道。小道右側，首先出現在我們面前的是一棟面朝瑞諾瓦街的房子，接著是一面罕見的高聳牆壁，由護牆支撐著，牆壁已經發霉，上面插著許多玻璃碎片。

牆壁中間是一扇矮矮的拱形門，露易絲·艾內蒙在門前停了下來，拿出一把很大的鑰匙把門打開，母親和女兒走了進去。

「不管怎樣，她大概沒在隱藏什麼。」羅蘋對我說，「因爲她根本都沒回頭注意有沒有人跟蹤，只要……」

他話音未落，我們身後就響起一陣腳步聲。是兩個乞丐，一男一女，衣衫襤褸，全身髒兮兮。他們走過去時並沒有注意到我們的存在。男乞丐從懷裡中拿出一把和我的女鄰居一樣的鑰匙，插進鎖孔，他們進去後門又關上了。

在這條小路的盡頭隨之又傳來一輛汽車停下的聲音。羅蘋拖著我躲在五十米下的低窪處，不讓人發現。我們看到車上下來一位非常高貴的年輕小姐，手上牽著一條狗。她佩戴著名貴的首飾，眼睛烏黑發亮，嘴唇鮮紅欲滴，還有一頭異常亮眼的金髮。她來到門前，同樣的動作，同樣的鑰匙……牽著小狗的小姐也進去了。

「這開始有趣起來了。」羅蘋開玩笑說，「這些人彼此之間會有什麼關係呢？」

接著進去的是兩位消瘦的年老婦人，外表看起來她們的生活應當很貧困，兩人就像姐妹般相像；然後是一名僕人、一名步兵下士、一個穿著骯髒、打著補丁禮服的胖男人；最後是一個工人家庭，全家六口人都臉色蒼白、病懨懨地，好像挨餓一樣。來的每個人都拿著一只裝滿食物的籃子或袋子。

「是野餐。」我大聲說。

「真是越來越怪。」羅蘋說，「只有知道這面牆後面發生的事情，我才會安心。」

翻牆是不可能的，而且，我們看到沿著這條小路延伸上去的圍牆盡頭和下面一樣，都是房子，房子上也沒有任何窗戶對著圍牆。

我們絞盡腦汁也想不出對策，突然，門又打開了，工人家的一個孩子走了出來。

小孩走上來，跑向瑞諾瓦街，幾分鐘後，他帶回來兩瓶水，放下瓶子，從口袋裡掏出鑰匙。

這時，羅蘋已經從我身邊走開，像一名閒逛的散步者一樣沿著圍牆慢慢地走著。當小孩走進圍牆要把門關上時，他跳了過去，把刀尖插進鎖頭裡。鎖門沒有插上，只需輕輕一推就能將門打開。

「我們進去吧。」羅蘋說。

他小心翼翼地探出頭，接著出乎我的意料，大大方方地走了進去。照他樣子進去後，我注意到牆後十米處有著一大叢月桂樹，重重疊疊如屏障一般，我們完全不會被發現。

羅蘋站在樹叢中間，走過去後，我也和他一樣，撥開一處灌木的樹枝。出現在眼前的情景如此出乎意料，以致於我忍不住發出一聲驚嘆，同時，羅蘋嘴裡也罵出髒話：

「見鬼！這實在太詭異了！」

在我們前面，兩棟沒有窗戶的房子中間空地上出現的場景，和我從古董商那裡買來的舊油畫描繪的場景一模一樣。

同樣的場景！遠處，靠著第二面牆，是同樣一座有著小巧柱廊的希臘式圓亭。中間，一模一樣的石凳下方是一圈四級臺階，走下臺階就是四周鋪著發霉石板的池塘。左邊，一模一樣的水井上方豎著一個精心製作的鐵質頂蓋，而它的旁邊是一模一樣的日晷，日晷還有風格一致的指針和大理石底盤。

同樣的場景！而讓這個場景更加詭異的是，一直縈繞在羅蘋和我心中的念頭，想到四月十五號這個日期，想到今天就是四月十五號，想到這十六到十八個不同年齡，不同背景，舉止各異的人為什麼選擇四月十五號這個日子聚集在巴黎這個被遺忘的地方。

我們偷窺時，他們所有人正分成幾組坐在石凳和臺階上吃飯。我的女鄰居和她女兒不遠處，坐著工人一家和乞丐夫婦，而僕人、髒禮服的先生、步兵下士和瘦小的兩姐妹坐在一起，分享帶來的火腿、沙丁魚罐頭，和格魯耶爾起司。

這時已經下午一點半鐘，乞丐和胖先生都掏出菸斗，男人們開始在圓亭那邊吸菸，女人們聚集在一起。而且，看上去所有這些人都互相認識。

他們離得太遠，我們根本聽不到他們的談話。但是，可以看出談話變得激烈起來。牽著條狗的小姐此時被圍在正中間，她誇誇其談，不時做出大幅度動作，引得小狗發出狂怒的吠叫。

突然，有人發出一聲叫喊，接著就是一陣憤怒的尖叫，然後，所有人，男人和女人，不顧一切衝向水井。

這時，水井裡冒出工人家的一個孩子，身上綁著一根繩子，繩子用鐵鉤鉤住腰帶，其他三個孩子轉動手柄將他拉了上來。

下士非常靈敏地衝到孩子身邊，隨後，僕人和胖男人緊緊抓住他，而這時，一旁的乞丐和瘦弱姐妹倆卻同工人夫婦扭打了起來。

幾秒鐘後，孩子身上只剩下襯衣。奪走衣服的僕人走到一旁，下士跟在後面，從他手中搶走短褲，短褲旋即又被兩姐妹中一個搶走。

「他們瘋了！」我說，「完全瘋了。」

「不，不。」羅蘋說。

「怎麼！你看出什麼？」

最後露易絲・艾內蒙充當了調解員，成功地平息騷亂。大家又坐下來，但是所有這些憤怒的人們都表現出同樣的反應，他們一動也不動，沉默不語，好像已經筋疲力盡。

時間流逝，我開始不耐煩起來，也餓得受不了，於是跑去瑞諾瓦街找來一些吃的。我和羅蘋邊吃邊監視著在我們眼皮下上演這場鬧劇的所有人。每過一分鐘都似乎讓他們更加沮喪，他們垂頭喪氣，背越彎越低，一個個陷入了沉思。

「他們會在那裡睡覺嗎？」我有點擔心地說。

將近五點時，髒禮服的胖男人拿出手錶。其他人也跟著拿出錶，所有人都把錶拿在手上，似乎焦急地等待著對他們非常重要的某件事情發生。這件事情沒有發生，因爲十五到二十分鐘後，胖男人做出一個失望的動作，然後站起身戴上帽子。

這時，哀嘆聲此起彼落，瘦弱的姐妹倆和工人家的妻子跪了下來，畫十字祈禱；牽著小狗的小姐和乞丐婦人抱著　起，低聲啜泣；而露易絲・艾內蒙悲傷地拉過她女兒，緊緊的將她抱在胸前。

「我們走吧。」羅蘋說。

「你覺得聚會就此結束了？」

「是的，我們剛好有時間先離開。」

我們毫不費力離開那裡，來到瑞諾瓦街高處，羅蘋走進左邊第一棟可以俯視圍牆的房子裡，留我一個人在外面。

和門房太太交談過後，羅蘋走了回來，我們攔了一輛計程車。

「都靈街，三十四號。」他對司機說。

都靈街三十四號的一樓是一處公證人事務所，我們很快被領到公證人瓦朗德爾先生的辦公室，他是位中年男子，看起來很和氣，一直微笑著。

羅蘋自稱簡尼特上尉，他想按自己心願蓋一座房子，有人跟他說過在瑞諾瓦大街附近有一塊地。

「但是這塊地不出售！」瓦朗德爾先生大聲說。

「啊！有人跟我說……」

「不可能……不可能……」

公證人站起身，從書櫃中拿出一件東西給我們看，我看到時完全呆住。這是一幅畫，而且和我買的那幅畫一模一樣，和露易絲・艾內蒙家中的也一模一樣。

「你想買的就是這幅畫中的土地，人們所說的艾內蒙家族的土地吧？」

「正是。」

公證人接著說：「這塊地是恐怖統治時期被處死的大地主艾內蒙名下的一座大花園的一部分。所有能賣的，他的繼承人已經一點一點賣出去。但是這最後一小塊作爲共有財產留了下來，並且將一直留著……除非……」

公證人開始笑了起來。

「除非什麼?」羅蘋問。

「哦!這只是一個故事,非常離奇的故事,有時我也會在閱讀成堆的資料時藉此消遣一番。」

「你不介意……」

「完全不。」瓦朗德爾說,他反而像很高興能講述這個故事。

沒等我們邀請,他已經開始敘述了。

「大革命開始後,路易·阿格日帕·艾內蒙原本聲稱要去日內瓦和住在那裡的妻子和女兒寶琳娜會合,但在處理掉聖日爾曼區的公館,將僕人們都打發走後,他和兒子查理卻住到了帕西區的小房子裡,除了一位忠心耿耿的老女僕之外,沒有人知道。他在那裡隱居了三年,一直希望自己藏身之處不被人發現,直到有一天午飯後,他正在午休,女僕突然衝進臥室,她發現街頭一群手握武器的巡邏隊似乎正朝這邊趕來。路易·艾內蒙於是匆忙做準備,在那些人敲門的時候,他迅速從花園的門離開,同時驚恐地對他兒子喊道:『拖住他們……只要五分鐘。』

「他是不是想逃走?卻發現花園的出入口也有人把守著?因爲七、八分鐘後,他又走了回來,非常平靜的回答巡邏隊所有問題,沒作任何抵抗就跟著那群人離開。他的兒子查理,雖然只有十八歲,也同樣被帶走。」

「這發生在?……」羅蘋問。

「發生在共和國二年③芽月二十六日④，也就是……」

瓦朗德爾停了下來，眼睛看向牆上掛著的日曆，他喊道：

「就是今天，今天是四月十五日，逮捕大地主的日子。」

「奇怪的巧合。」羅蘋說，「這次逮捕在當時應該有產生重大的影響吧？」

「哦！非常重大。」公證人笑著說，「三個月後，熱月⑤革命初，大地主就上了斷頭臺，他兒子則一直被關在牢裡，所有財產悉數充公。」

「一筆巨額財產，不是嗎？」羅蘋說。

「瞧！複雜的地方剛好就在這裡，事實上，這批巨額財產已經找不到了。人們發現聖日爾曼區的公館在大革命時期已經賣給一個英國人，包括大地主的所有城堡、鄉下土地、所有首飾，值錢的東西和個人收藏。議會、政府都下令嚴加調查，卻沒有任何結果。」

羅蘋說：「至少還有帕西區的房子。」

「帕西區的房子賤價賣給了議會裡逮捕艾內蒙的代表——公民布洛克，布洛克守在屋內，大門緊閉，將牆加高加厚，查理・艾內蒙最終獲得釋放後，來到帕西區的住處想要回房子，卻被布洛克開槍趕走。查理提出上訴，結果敗訴，他還提出要給布洛克一大筆錢換回房子，但布洛克不爲所動。布洛克買下房子後一直守著房子，若非查理後來獲得拿破崙支持，他可能會一直守到自己死去。一八〇三年二月十二日，布洛克搬出住宅，並將屋裡所有物品全部帶走，但查理還是無比高興，可能他的腦子在經歷這些磨難後受到嚴重刺激，就在踏進最終奪回的房產門口，甚至在打開門前，他就突然開始唱起歌、跳起舞，他瘋了！」

「哎呀！」羅蘋低聲說，「他後來怎麼了？」

「他母親和姐姐寶琳娜（最後嫁給了日內瓦的一位表兄）都已經去世，老女僕照料他，兩人一起生活在帕西區的房子裡。很多年就這樣波瀾不驚地過去，一八一二年時突然出現了戲劇化的一幕，老女僕臨死前，叫來兩個見證人，在病榻上揭露了一個離奇的祕密。她宣稱，在大革命前期，大地主將裝滿金銀的袋子運到帕西區這處房子，而這些袋子在他被逮捕的幾天前突然消失得無影無蹤。據查理・艾內蒙之前所說，他從父親那裡得知，這些財寶就藏在花園裡，在圓亭、日晷和水井中間的某處。作為憑證，她拿出三幅油畫，畫沒有裱框，不如叫三幅畫布，這是大地主在監禁期間所畫的，他讓她交給他妻子、兒子和女兒。在這筆財富的誘惑下，查理和老女僕一直對外保持沉默。隨後房子被人侵佔、訴訟失敗，成功取回房子後查理卻發了瘋，老女僕一個人的尋找只是徒勞無功，財寶仍一直藏在那裡。」

「財寶還在那裡？」羅蘋開玩笑說。

「一直在那裡。」瓦朗德爾老闆大聲說，「……除非……除非布洛克，毫無疑問他肯定察覺出一些事情，因此他全部都挖走了，但這假設不太可能，因為布洛克死時依然貧困潦倒。」

「然後？」

「之後大家一直在尋找，那個姐姐寶琳娜的孩子還特意從日內瓦趕來，大家還發現查理私下已經結婚生子。所有的繼承人都加入到尋寶的隊伍中。」

「查理呢？」

「查理完全與世隔離，他從不離開房子。」

「從不？」

「從不，這就是這件怪事不同尋常、不可思議的地方。每年都有那麼一天，查理・艾內蒙似乎被一種無意識的意志力驅動。他會走下樓，沿著他父親曾經走過的路，穿過花園，一會兒坐在圓亭的臺階上（你可以看這裡的圖），一會兒坐在水井上。等到下午五點二十七分時，他就站起身，回到房裡。直到一八二〇年突然過世前，他從沒錯過一次這個令人不解的儀式。每年的那一天，就是四月十五號，也正是大地主被逮捕的日子。」

瓦朗德爾不再笑咪咪的，他自己也對這個他給我們講述的令人困惑的故事感到迷惑不解。

尋思一會兒後，羅蘋問：

「那查理死後呢？」

「那個時期過後。」公證人略顯莊嚴地說，「差不多一百年裡，查理和寶琳娜・艾內蒙的繼承人繼續進行他們四月十五號的儀式。最初幾年，他們仔細的檢查了每個地方，花園的每個角落都查看過，每一塊土地都挖掘過。現在，已經沒人再做這徒勞無功的舉動。幾乎沒人認眞去尋找，頂多偶爾會有人毫無目的地翻起一塊石頭，查看一下水井。不，他們只是像窮瘋了一樣坐在圓亭臺階上，聽天由命。你看，這就是他們悲劇的命運，一百年來，所有的後人、子子孫孫，所有人都迷失了……該怎麼形容……生活的動力，他們失去了勇氣，失去了創造力。他們等待著四月十五號，而當四月十五號來臨時，他們只是期待奇跡的發生。所有人，最終都貧困潦倒。我的前幾任公證人和我，一點一點，先是幫他們賣掉了房子，蓋了另一座更有利潤的房子，又賣掉了花園的幾塊地，然後是其他地。但是，畫裡這一塊，他們寧死也不願轉讓。在這一點上，所有人都同意，包括露易絲·艾內蒙，寶琳娜的直接繼承人，還有乞丐夫婦、工人一家、僕人、戲院舞者等所有這些可憐的查理後代。」

沉默了一會兒後，羅蘋說：

「你怎麼看，瓦朗德爾先生？」

「我看根本什麼都沒有，怎麼能相信一位年老昏聵的老女僕的話？一個瘋子的怪癖又有什麼好在意的？另外，就算大地主真的變賣了財產，你不覺得這筆財產早就已經被人發現了嗎？那麼小的一塊地方，藏張紙，埋個首飾還有可能，不可能藏得了大批珠寶。」

「那這些畫？」

「是的，這些畫確實有點意思，但即便如此，這些畫又能證明什麼呢？」

羅蘋探著身子看公證人從書櫃拿出的這幅畫，仔細觀察後說：

「你剛說過這畫有三幅？」

「是的，這是其中一幅，是查理的後人給前任的公證人的。露易絲・艾內蒙有另外一幅，至於第三幅，不知道去哪了。」

羅蘋看著我，繼續說：

「每幅上面都是同樣的日期嗎？」

「是的，是查理・艾內蒙在臨死前鑲框時標上的。同樣的日期，15－4－2，大地主是在一七九四年四月十五日被逮捕的，按當時用的共和曆，2正好代表共和國二年。」

「啊！好，太好了。」羅蘋說，「數字2的意思是……」

思考一會兒後，他又說：

「你能再回答一個問題嗎？沒人毛遂自薦，解決這個問題嗎？」

瓦朗德爾先生抬起手臂。

「別提了。」他喊道：「這件事是我們事務所心裡的痛，過去在一八二〇至一八四三年間，一位前任公證人圖爾邦先生，就曾被這些繼承人陸陸續續叫了十八次到房子那，就因爲很多騙子、術士都信誓旦旦會找出大地主的財寶。最後不堪其擾的我們只好定出一條規則：所有想要尋寶的陌生人首先都必須支付一定的費用。」

「多少？」

「五千法郎，如果成功，財寶的三分之一歸這個人所有。如果失敗，保證金留給繼承人。這樣做之後，我們事務所才安靜下來。」

「給你五千法郎。」

公證人跳了起來。

「啊！你說什麼？」

「我說。」羅蘋從口袋裡拿出五張鈔票，平靜地攤在桌上，重複道：「我說這是五千法郎的保證金，請給我一張收據，並通知所有繼承人明年四月十五日在帕西區的房子碰面。」

公證人沒有回過神來，我自己，雖然已經習慣羅蘋的出其不意，但也大吃了一驚。

「你是認眞的？」瓦朗德爾先生問道。

「絕對認眞。」

「我不會向你隱瞞我的看法，我認爲這些故事都是虛構的，沒有任何證據。」

「我不同意你的看法。」羅蘋說。

公證人看著他，就像看著一個失去理智的人一樣。然後，他做出決定，拿起毛筆，在蓋好戳的紙上草擬了一份合同，上面提到退休上尉簡尼特所繳納的保證金，保證其能獲得所發現財富的三分之一。

「如果你改變主意的話。」他又說道：「請你提前一個星期告訴我，我不到最後一刻是不會通

085

知艾內蒙家族的，以免給這些可憐人太長時間的希望。」

「你今天就可以通知他們，瓦朗德爾先生，這樣一來，他們這一年會過得好一點。」

隨後我們一起離開，一走到街上，我便衝著他喊：

「所以，你知道了什麼？」

羅蘋說：「我？什麼都不知道，老實說，就是這樣才讓我覺得有意思。」

「但人們可是找了一百年都沒找到。」

「要做的不是尋找，而是思考。而我有三百六十五天可以來思考，時間太充裕了。因此即使這件事這麼有趣，我也有可能會忘記它，親愛的朋友，到時勞煩你提醒我，好嗎？」

在接下來的幾個月，我三番兩次提醒他這件事，但他似乎並沒有看得很重。然後有一段時間，我根本沒有機會見到他。後來我才知道，這段時間他在亞美尼亞旅行，與血腥蘇丹⑥進行了一場激烈戰鬥，最終推翻了暴君。

後來，我仍一直寄信到他之前給我的地址，在信中我告訴他一些我旁敲側擊得到的關於我的女鄰居的小道消息，我得知露易絲・艾內蒙幾年前和一位非常富有的年輕人相愛，這位男子現在依然愛著她，但卻被家裡強迫將她拋棄。年輕婦人非常絕望，但她和女兒仍然勇敢地生活著。

羅蘋沒有給我回任何一封信，他到底有沒有收到？日子一天天逼近，我也總是問我自己他會不會被數不勝數的冒險絆住而不能前來赴約。

四月十五號那天早上，我吃完午飯時羅蘋還沒有出現，十二點十五分，我出了門，一個人朝帕西區那棟房子走去。

走到小道上時，很快我便看到工人家的四個孩子站在門前，他們通知瓦朗德爾先生後，他跑出來迎接我。

「簡尼特上尉呢？」他喊道。

「他不在這嗎？」

「不在，我們一直在熱切期盼著。」

確實，一群人擠在公證人身旁，我看到所有人的臉龐上不再像去年一樣悶悶不樂、垂頭喪氣。瓦朗德爾先生對我說：「他們有了希望，這是我的錯。你們到底想幹什麼！你的朋友給我錯覺，讓我滿懷信心地告訴這些人……雖然我自己並不眞這麼認爲。無論如何，這個簡尼特上尉眞是個奇怪的傢伙……」

他問我上尉是個什麼樣的人，我告訴他上尉有點愛幻想，那些繼承人聽後直搖頭。

露易絲．艾內蒙低聲說：

「如果他不來呢？」

「我們還是可以平分五千法郎。」乞丐說。

這一點又有什麼用！露易絲．艾內蒙的話就像潑了一盆冷水一樣，所有人臉都沉了下來，我感到壓在每個人身上焦慮的氣氛越來越重。

一點半時，瘦弱的姐妹倆虛弱不支的坐下，接著穿著髒衣服的胖男人突然粗暴地對公證人吼道：

「非常好，瓦朗德爾先生，你得負起責任……不管是自願還是強迫，你都應該帶上尉來……他絕對是個愛開玩笑的傢伙。」

他惡狠狠地瞪了我一眼，他身旁的僕人也低聲抱怨我。

最大的孩子出現在門口，大聲喊：

「有人來了！……一輛摩托車！……」

摩托車引擎隆隆的聲音從圍牆那邊傳來，騎著的人不顧可能摔斷腿的危險，騎著摩托車在小道上飛奔。到門口突然剎住了車，從車上跳了下來。

在揚起的灰塵籠罩下，人們能夠看到他身著寬鬆的藍色上衣，筆挺的西褲，這已經可以看出他不是單純的觀光客，更別提黑氈帽和發亮的中長統靴了。

「他不是簡尼特上尉！」不敢辨認的公證人叫嚷著。

「我是。」羅蘋向我們伸出手，說：「我是簡尼特上尉，只是我把鬍子剃掉了……瓦朗德爾先生，這是你簽過的收據。」

他抓住一個孩子的手，對他說：

「跑去汽車中心，叫一輛車到瑞諾瓦街來，快跑，我兩點十五分還有個很重要的約會。」

有人不滿的抗議，而簡尼特上尉只是拿出手錶。

「什麼？還要十二分鐘才到兩點，我還有足足十五分鐘，天知道我趕得累死了！而且還好餓！」

下士趕緊遞給他自己的軍糧麵包，羅蘋大口吃著，坐下來，說：

「請原諒。馬賽的快車在第戎和拉羅什之間脫軌。有十五六個人死亡，還有很多傷患需要我去救助。這輛摩托車是我在行李貨車廂找到的，……瓦朗德爾先生，勞駕你把它還給主人。標籤還貼在把手上。啊！你回來啦，孩子。車在哪？瑞諾瓦街角？太棒了。」

他看了看錶。

「呃！呃！沒時間浪費了。」

我非常好奇地看著他，艾內蒙家族繼承人是一種什麼心情！當然，他們對簡尼特上尉沒有我對羅蘋的那種信心，他們緊張地臉色蒼白。

簡尼特上尉慢慢地向左邊走去，走到日晷旁。底座是一尊強壯男人的上半身像，雕像肩膀上扛著一塊大理石錶盤，時間太久遠，錶盤已經磨損，很難辨認出上面刻的時針線條。上面是一尊展開雙翅的愛神，手中拿著的長箭便用作指針。

上尉傾下身，雙眼專注地看了大概有一分鐘。

然後，他問道：

「請給我把小刀？」

某處響起兩點的鐘聲。就在此刻，陽光照在日晷上，箭的影子剛好落在在大理石的一道裂痕上，剛好將錶盤一分爲二。

上尉拿起遞給他的小刀，打開錶盤。然後用刀尖，慢慢地將塞滿這條細小裂縫裡的泥土、苔蘚，地衣等混合物刮出來。

突然，刮到離邊緣十釐米時，他停了下來，好像刀子碰到了什麼障礙物，他把拇指和食指伸進去，拿出一個小小的東西，他在手掌輕輕擦拭後，然後遞給公證人。

「拿著，瓦朗德爾先生，還有這個東西。」

這是一顆非常大的鑽石，榛子般大小，形狀迷人。

上尉又開始幹活，很快，他又停了下來，第二顆鑽石出現了，像第一顆一樣美侖美奐、明亮耀眼。

然後，出現了第三顆，第四顆。

一分鐘後，從這條縫的一頭到另一頭，還沒挖進十五毫米深，上尉已經拿出十八顆同樣大小的鑽石。

這一分鐘裡，日晷周圍沒有一聲驚叫，一個舉動，所有的繼承人都完全呆住。隨後，胖男人喃喃道：

「天哪！……」

下士呻吟著：

「啊！我的上尉……我的上尉……」

姐妹倆昏厥過去，牽著小狗的小姐已經跪了下來開始祈禱，而僕人就像喝醉一樣，身體搖晃起來，雙手抱住頭，露易絲·艾內蒙則一直在啜泣。

當大家都平靜下來，想要感謝簡尼特上尉時，發現他已經離去。

幾年之後，我才有機會詢問羅蘋這件事情的原委。他正打算吐露隱情，回答我說：

「十八顆鑽石的案子？我的天啊！沒想到我的法國同胞三四代人都在尋找那個答案！而十八顆鑽石就放在那裡，只是沾了點灰塵而已。」

「但是你怎麼能猜到……」

「我不是猜，我是思考，什麼是我需要去考慮的？一開始，我很震驚，整件事面對一個主要的問題：時間問題。當查理·艾內蒙意識清醒時，他在三幅畫上寫下一個日期。然後，在他瘋了的日子中，僅存的一點智慧光芒將他帶到老花園中心，這光芒也讓他在每年同一時間，也就是五點二十七分離開。是什麼讓這個大腦已經錯亂的人這般規律？是什麼力量支配這個可憐瘋子的行動？毫無疑問的，是時間在支配他。大地主所畫的三幅畫裡的日晷便代表了時間的概念，查理·艾內蒙每年一次走到花園，是根據地球圍繞太陽公轉的規律，而地球的自轉規律則促使他在固定的時間離開，也就是說，他離開大概是因爲陽光在那個時間已經被旁邊的建築物擋住，照射不到花園，當然今天周圍的建築物已經和當時不同。而這一切，日晷都是象徵，這也是爲什麼很快我就知道到哪裡去尋找。」

「但是找的時間，你又怎麼確定？」

「非常簡單，根據畫。那個時代的人，就像查理・艾內蒙，寫日期時會寫共和國二年芽月二十六號，或者一七九四年四月十五號，但絕對不會寫共和國二年四月十五號，我很奇怪沒有人想到這點。」

「所以數字2指的是下午兩點？」

「對，事情大概是這樣，大地主先是把他所有財產換成了一大筆金銀。然後，爲了更加謹慎，他用這筆金銀買了十八顆上好的鑽石。巡邏隊的突襲讓他大吃一驚，他逃到花園，該把鑽石藏到哪呢？他的眼神碰巧然落在日晷上。那時剛好兩點。箭的影子剛好落在大理石縫隙裡。他便順著這個影子標記，將十八顆鑽石嵌入泥土中，然後平靜地回來任由士兵帶走。」

「但是箭的影子每天下午兩點鐘都會落在大理石板的縫隙裡，並不僅僅是四月十五號。」

「你忘了，我親愛的朋友，查理是一個瘋子，他只記得四月十五號這個日期。」

「好吧，但你猜出謎底後，對你來說，要在這一年裡翻進圍牆拿走鑽石，再簡單不過了。」

「是很簡單，如果不是和這些人打交道的話，我也不是沒有猶豫過。但是說老實話，這些人讓我非常同情。你也知道羅蘋就這點傻裡傻氣。突然閃過的做好事或讓人跌破眼鏡的念頭，總會讓我做盡傻事。」

「啊！」我叫道，「也不算很傻，你還是能拿到六顆美麗的鑽石！艾內蒙家的繼承人會滿心歡喜地按照合約履行。」

羅蘋看著我，突然大笑起來：

「你不知道？啊！很好……艾內蒙家的繼承人都滿心歡喜！……但是，我親愛的朋友，第二天這個偉大的簡尼特上尉就變成了他們的死敵！姐妹倆和肿男人馬上就在謀劃對策。合約？沒有任何作用，因為，很容易證明根本沒有所謂的簡尼特上尉。『簡尼特上尉！……從哪裡冒出的陰謀家？想要打劫我們，大家走著瞧！』」

「露易絲・艾內蒙，她呢？……」

「不，露易絲・艾內蒙反對這種忘恩負義的舉動。但是，她又能怎麼樣？而且變得富有後，她找回了未婚夫，我再也沒聽人提起過她。」

「然後呢？」

「然後，我親愛的朋友，被他們耍賴，法律上又無能為力，我只能妥協接受這顆最小，最不好看的鑽石，看誰下次還會想去替別人忙前忙後！」

的。」

羅蘋嘴邊咕噥著：

「哼！什麼感激，都是騙人的！幸好像我這樣正直的人，是靠良心和完成使命的榮譽感做事的。」

譯註：

①恐怖統治時期：又稱雅各賓專政，法國大革命時在一七九三年至一七九四年間由羅伯斯比爾領導的雅各賓派統治法國時期的稱呼。該派實行恐怖政策，將有嫌疑的反革命者都送上斷頭台，造成數千人被殺。

②安德列・謝尼爾（André Chénier，一七六二～一七九四年）：是一位法國詩人，主張君主立憲制，在雅各賓派的恐怖統治下因同情國王而被送上斷頭台。

③共和國二年：指法蘭西第一共和國二年，當時曆法採用法國共和曆，以西元一七九二年九月二十二日為共和國元年一月一日。共和國二年則相當於西元一七九三年九月二十二日至一七九四年九月二十一日。

④芽月：法國共和曆的第七個月，相當於公曆的三月二十一－二十二日至四月十八－十九日。

⑤熱月：法國共和曆的第十一個月，相當於公曆七月十九－二十至八月十七－十八日。

⑥血腥蘇丹：蘇丹指回教國家的統治者。一八七六年，亞美尼亞新蘇丹哈米德二世即位，哈米德二世用軍事隊伍壓制及屠殺亞美尼亞人，被稱為「大殺手」及「血腥蘇丹」，一九〇八年時遭軍官發動政變推翻。

地獄陷阱

賽馬比賽過後，人潮湧向看臺出口，正逆著人群方向走的尼古拉・杜格里瓦突然把手放到上衣內口袋。他妻子問道：

「你怎麼啦？」

「我很擔心……這筆錢！我擔心會有壞事發生。」

她低聲說：

「我眞搞不懂你，誰會在身上放那麼一大筆錢！那可是我們全部的財產，是我們的血汗錢啊！」

「哎呀！」他說：「誰會知道錢放在這裡呢？」

「當然有，當然有。」她抱怨著：「喏，我們上個星期辭退的小傭人就知道。是不是，加百列？」

「是的，嬸嬸。」她身旁的年輕人說道。

杜格里瓦夫婦和他們的侄子加百列是賽馬場的熟客，那裡的常客幾乎每天都能看到他們。杜格里瓦是個大塊頭，臉色紅潤，充滿生氣；他妻子身材臃腫，長相普通，永遠穿著一件看上去已經很舊的深紫色長裙；那侄子則非常年輕，身材修長、臉色蒼白、眼睛烏黑，還有一頭微卷的金髮。

通常夫婦倆在整場比賽中總是坐著，而加百列則是幫他叔叔賭馬，他仔細觀察遛馬場的賽馬，從賽馬騎師和馬夫那打聽小道消息，然後在看臺和下注臺間來回穿梭。

那天他們的運氣特別好，因爲杜格里瓦鄰座的人看到年輕人三度拿回了很多錢。

第五場比賽結束後，杜格里瓦點了一支菸，就在這時，一位身穿貼身栗色制服、留著斑白小鬍子的男士走近他，用神神祕祕的口吻對他說：

「這是你的嗎？先生，有人偷了你的金錶。」

他同時拿出一塊有著金錶帶的金錶。

杜格里瓦驚跳起來。

「是的，是我的……瞧！刻著我姓名的字母縮寫……N.D.，尼古拉・杜格里瓦。」

他嚇得很快用手摸上衣的口袋，錢包還在那。

「啊！」他顫抖著說：「好險還在……但是，這錶是怎麼被偷的？小偷抓到了嗎？」

「是的，我們抓到了，他在警察局裡，請跟我來，我們把這案子結了。」

「你是……」

「我叫德朗格勒，是位警探，我已經通知治安官馬格納先生了。」

尼古拉．杜格里瓦和警探一起繞過看臺，朝警察局走去，他們走出五十步遠時，一個男人走近探員急衝衝說道：

「偷錶的傢伙招了，我們追蹤的是一個犯罪集團，馬格納先生讓你在下注臺等他，並且留意第四間臨時棚子附近。」

下注臺那裡擠滿了人，德朗格勒警探低聲抱怨：

「太蠢了，選在那裡碰面……而且也沒說我該監視誰？馬格納先生都不會解釋清楚一點……」

他撥開緊緊擠著他的人群。

「見鬼！用手肘頂開旁邊的人，拿好錢包，杜格里瓦先生，你就是這樣被偷的。」

「我不明白……」

「哦！你不了解這些人的手法！大家往往什麼都察覺不到，一個人踩著你的腳，另一個用手杖擋住你的視線，第三個就把你的錢包掏走了。三個步驟就結束……不瞞你說，我也中過招。」

他突然打住，看上去非常生氣：

「該死，我們不能在這裡乾等！人太多了！眞讓人難以忍受……啊！馬格納先生在那，跟我們打招呼呢……請在這等一下，別走開。」

肩膀一頂，他在人群中擠出一條路。

杜格里瓦眼光尾隨他一會，在看不到人後，他稍微往旁邊挪了挪，讓自己不被人擠到。

幾分鐘過去了，第六場比賽開始了，杜格里瓦看到他妻子和侄子來找他，他向他們解釋說德朗格勒警探正和治安官商量事情。

「你錢還在嗎？」他妻子問道。

「哎呀！」他回答：「我向你保證，我和警探沒讓任何人靠近我們。」

他摸了摸上衣，忍不住發出驚呼，手伸進口袋，開始含糊不清地說些聽不清的字眼，而杜格里瓦夫人，驚恐萬分地結巴道：

「什麼！怎麼啦？」

「被偷了……」他低呼：「錢包……五十張鈔票……」

「騙人！」她大喊：「不是眞的！」

「是眞的，那警察是個騙子……就是他……」

她開始嚎啕大哭。

「抓小偷！我丈夫錢被偷了！……五萬法郎，我們完啦……抓小偷！……」

很快的，警察出現了，他們被帶到了警察局。杜格里瓦完全懵了，如行屍走肉一般，他妻子一直破口大罵，不停說著事情經過，然後大罵那個假冒的警察。

「快去抓他！……快去抓他！……栗色禮服……小鬍子……啊！混蛋，他騙了我們！五萬法郎……咦……咦……你在幹什麼，杜格里瓦？」

她一躍起身撲向她丈夫，太晚了！他已經對著自己的太陽穴開了一槍，一聲槍響，杜格里瓦倒下死了。

大眾不會忘記這件事在各大報紙上引起的軒然大波，各大報紙抓住這次機會又一次抨擊警方的疏忽和辦事不力。一個扒手光天化日之下，竟然在公共場合假扮警察，不費吹灰之力打劫一位老百姓，這怎麼能讓人接受？

尼古拉・杜格里瓦的妻子悲痛地進行聲討，還接受各項對她進行的採訪。一位記者成功地拍到一張她的照片，她站在丈夫屍體旁邊，張開手，發誓爲死者報仇。站在她旁邊滿臉仇恨的是她的侄子加百列，他也一樣，用低沉而兇狠堅定的聲音聲明，發誓要抓到兇手。

人們還描述他們在巴帝紐街住的簡陋房子，因爲他們已經一無所有，一家體育報刊還爲他們舉行了募款。

至於神祕的德朗格勒，他依然逍遙法外。警方已經逮捕兩個人，卻又很快的釋放。一開始的幾條線索也很快被放棄，警方先是列出幾名嫌疑犯的名字，最終則指向羅蘋，這項指控讓這位名聞遐邇的江洋大盜，在事件發生六天後，從紐約發出了一封電報：

敝人對狗急跳牆的警方無憑無據的污蔑感到相當憤怒且提出嚴正的抗議。謹向受害人致以誠摯的問候，並由我的銀行户頭捐贈其五萬法郎。

羅蘋

就在這封電報發佈的第二天，一個陌生人敲響了杜格里瓦夫人的大門，將一個信封放在她手上，信封裡放著五十張面值一千法郎的鈔票。

這戲劇性的一幕引發的議論都還沒平息下來，緊接著又發生了另一起事件，再度使大眾熱中關注。收到錢的兩天後，與杜格里瓦夫人和加百列住在同一棟房子裡的人們，在凌晨四點被一些尖叫聲驚醒，大家匆忙前往。門房把門打開後，在房間裡，借著一位鄰居所帶蠟燭的燭光，大家看到加百列手腳都被綁著，嘴裡塞著布條，隔壁房中，杜格里瓦夫人胸口處有一個很大的傷口，鮮血不斷湧出。

她低呼：

「錢……被偷了……所有錢……」

接著她便昏了過去。

到底發生了什麼事？

加百列講述事情經過（杜格里瓦夫人醒過來後補充了她侄子所述），他被兩個男人弄醒，一個塞住他嘴巴，另一個用繩子綁住他。黑暗中，他看不清這些人，但是他聽見他嬸嬸和歹徒搏鬥的聲音。杜格里瓦夫人聲稱她奮力抵抗，而歹徒則肯定瞭解這個地方，憑著不知道哪來的直覺，直接朝著藏錢的小傢俱走去。杜格里瓦夫人拼命抵抗，大聲尖叫，將手壓在那疊鈔票上也無濟於事。臨走前，其中一個弄傷她的手臂，並在她胸口刺了一刀，然後兩人逃離現場。

「從哪逃走的？」有人問。

「從我臥房的門，然後，我想應該是從前廳大門出去的。」

「不可能！門房會逮住他們的。」

事件神祕的地方就在此：歹徒是怎麼進房間，又怎麼離開的呢？根本沒有任何出口，難道是同棟樓的房客所爲？警方仔細調查後證實這個猜測站不住腳。

之後呢？

專門負責該案件的警探葛尼瑪也坦白說從沒遇過比這更令人困惑的案件。

「很像羅蘋幹的。」他說道：「但是卻又不是……不，這裡面還有隱情……再說，如果是羅蘋，爲什麼他要拿回自己送出的五萬法郎？還有一個問題困擾我：這第二次被盜和賽馬場的第一次被盜有什麼關係呢？這一切都無從解釋，我很少會這樣覺得一個案子無法再查下去。但是這次，我放棄。」

檢察官們對其猛烈抨擊，記者集中火力攻擊警察部門，一位有名的英國警探來到法國；一位一直對這些偵探故事感到頭疼的美國富翁設立一筆大額獎金懸賞給提供線索的人。六個星期過去後，依然沒有進展。大眾開始站在葛尼瑪一邊，檢察官也厭倦了在重重迷霧中查案，隨著時間的推移，形勢並沒有變得比較明朗。

杜格里瓦夫人的生活仍在繼續，在侄子的照料下，她的傷口一天一天好起來。每天早上，加百列讓她坐在餐廳裡靠近窗口的一張扶手椅上，然後他開始做家務，又去購買日用品，他甚至不用門房太太幫忙就能做午飯。

嬸嬸和侄子兩個人也受夠了警察的盤問，尤其是記者的採訪，於是便拒絕接見任何人。門房太太也擔心杜格里瓦夫人應付太多人會過度疲勞，不再讓人進去。她密切關注著加百列，每次他經過房前，一定會對他大聲吆喝。

「加百列先生，小心了，有人在打聽你們兩個的消息，有人在監視你們。瞧，就在昨天晚上，我丈夫發現有人在窺視你們的窗戶。」

「啊！」加百列回答：「那是警察在保護我們，太好了！」

然而，一天下午四點鐘左右，街的盡頭有兩個小攤販激烈地爭吵著。門房太太想聽聽雙方爭吵些什麼，便離開了房子。她走出後，一個中等個子、身穿剪裁考究灰色正裝的年輕男子溜進了大樓，很快的爬上樓梯。

來到四樓後，他敲了敲門；沒有回應，他再敲。

第三次敲門時，門開了。

「杜格里瓦夫人在嗎？」他脫下帽子問道。

「杜格里瓦夫人還在養病中，不便見客。」加百列站在前廳回答道。

「我必須跟她談談。」

「我是她侄子，我也許能替你轉達……」

「好吧。」來人說：「請告訴杜格里瓦夫人，我偶然得知一些關於這次她受害的盜竊事件的寶貴資訊，我想檢查一下公寓，親自瞭解一些細節。我經常做這類調查，我的介入對她一定有幫助。」

加百列看了他一會兒，想了想，說道：

「這樣子，我想我嬸嬸會同意的……請進。」

打開餐廳門後，他走到旁邊，讓來客過去。客人走到門檻那裡，正準備跨過去時，加百列抬起手臂，拿起匕首從他肩膀右上方狠狠刺了下去。

餐廳裡傳來一陣笑聲。

「抓到了。」杜格里瓦夫人邊喊著邊從椅子上衝過來。「幹得好！加百列。不過，你沒殺了他吧，這個混蛋？」

「我想沒有，嬸嬸，刀很小，而且我沒用全力。」

那個男人踉蹌起來，手伸向前方，臉上如死人般慘白。

「笨蛋！」寡婦嘲笑著：「你掉進圈套了……我們在這裡等你很久了。來，給我滾來這裡，這累著你啦，嘿！但你必須這麼做。好！現在一隻膝蓋先跪下去，跪在你的女主人面前……然後另一隻……學著眞快！……啪嗒！看，他倒下啦！啊！主啊，如果我可憐的杜格里瓦能看到這一幕就好了！現在，加百列，該幹活了！」

她走到臥房，打開掛滿裙子的玻璃衣櫥，她撥開裙子，推了推衣櫥的後壁，赫然出現了一個通往隔壁房間的入口。

「幫我搬走他，加百列，你會好好照顧他的，對吧？目前來說，他還有很高的價值。」

某天早上，傷者恢復了點意識，他睜開眼皮，看了看自己的周圍。

他現在躺在一間比他敲門的房子更大的房間裡，房裡擺放著些傢俱，所有窗戶從上到下都嚴密地掛著厚厚的窗簾。

但是房間裡仍然有足夠的光讓他看清周圍，年輕的加百列・杜格里瓦就在他旁邊，坐在一張椅子上，看著他。

「啊！就是你，小夥子。」他低聲說：「佩服佩服，小子，你刀法既快又準。」

說完他又昏睡過去。

那天，以及後面很多天，他醒來過幾次，每次都看到少年蒼白的臉、薄薄的嘴唇，堅毅的黑色眼睛。

「你讓我很害怕。」他說：「如果你發誓要殺了我，不用猶豫了，眞搞笑！死亡對我來說一向是世界上最好笑的事，然而因爲你，小夥了，這才變得可怕了。晚安，我想睡會兒覺。」

加百列一心聽從杜格里瓦夫人的命令，細心地照料著他。病人不再發燒，漸漸地能喝一些牛奶和湯。他恢復點力氣後，總開玩笑：

「病人好了什麼時候能出去？輪椅準備好了嗎？講個笑話來聽聽吧，笨蛋！你看起來一副苦瓜臉，就像正要去犯罪一樣，來，給爸爸笑一個。」

一天，他醒來時感到非常不舒服。掙扎幾下，他發現在他熟睡時，有人用細細的鋼絲把他的腿，上半身和手臂綁在床的鐵架上，只要他稍微一動，鋼絲就會陷進他的肉裡。

「啊！」他對看管他的小夥說：「要玩眞的了嗎？好戲上演了，有得瞧了。是你給我綁的嗎，天使加百列？那麼，小夥子，你的剃刀可要弄乾淨點，最好先拿去消個毒。」

他被開鎖的聲音打斷，對面的門打開了，杜格里瓦夫人出現。

她慢慢走近，坐在一把椅子上，從口袋裡掏出一把手槍，上膛，然後放在床頭櫃上。

「啊。」被捆的人喃喃說道：「這情況好像阿比吉劇院上演的第四幕戲：對叛徒的審判。由美麗的女性進行處決……用那雙慈悲的手……眞是榮幸！……杜格里瓦夫人，記得請不要傷到我的臉。」

「閉嘴，羅蘋。」

「啊！妳知道我是誰？……哎呀！好眼力。」

「閉嘴，羅蘋。」

她的聲音流露出一種莊嚴之意，使得俘虜一怔，不再說話。

他觀察了一下這兩個看守他的獄卒，杜格里瓦夫人臃腫的身軀、紅潤的臉龐和他侄子精緻的臉蛋形成鮮明的對比，但是兩個人神情一樣堅定不移。

寡婦彎腰逼近他，對他說：

「你準備好回答我的問題了嗎？」

「爲什麼不呢？」

「那好好聽著。」

「我耳朵正豎著呢。」

「你怎麼知道杜格里瓦口袋裡裝著他所有的錢？」

「和傭人聊天時……」

「在我家待過的一個小傭人，是不是？」

「是的。」

「是你先偷了杜格里瓦的手錶，然後還給他，騙取他的信任？」

「是的。」

她壓制住自己的怒火。

「笨蛋！是的，笨蛋！怎麼，你偷了我男人的錢，逼得他自盡，你不把賊窩挪到世界另一頭，躲起來，反倒繼續在整個巴黎招搖過市！你難道不記得我在亡者的頭顱邊發過誓，要抓住兇手？」

「就是這樣，我才覺得奇怪。」羅蘋說：「爲什麼會懷疑是我？」

「爲什麼？是你自己把自己招出來的。」

「我？」

「當然……那五十張千元大鈔……」

「唔，什麼！那個禮物……」

「是的，禮物，你發電報讓人送給我，好讓人相信賽馬當天你在美國。禮物！天大的玩笑！事實是，你害了一個可憐的人讓你不安，不是嗎？然後你就把錢還給寡婦，當然得公開的，你要玩個把戲，大肆宣揚一番，就像你一貫的嘩眾取寵。太精彩了！只是，在這種情況下，你不應該給我你從杜格里瓦那裡偷的那筆錢！大笨蛋，還是同樣的鈔票，沒換成其他的！我和杜格里瓦，我們把鈔票上的號碼都記住了。你太笨了，還把同樣的那筆錢還給我！你現在明白你幹的蠢事了嗎？」

羅蘋笑了笑。

「的確是件蠢事，不過不是我做的，我只是下命令給其他人……但不管怎樣，還是只能怪我自己。」

「嗯，你承認了。一眼就看出你的失誤，認出是你做的，後來需要做的就只是找到你。找你？不，更好的主意是，不去找羅蘋，讓羅蘋自己送上門來！這眞是大師級的主意。是我的小侄子想出來的，他跟我一樣對你痛恨無比。他研究了所有關於你的書，對你瞭若指掌。他知道你充滿好奇心，喜歡耍詭計，執迷於在謎團中找尋答案，執迷於解決別人不能解決的問題。他瞭解你的虛情假意，你有點傻乎乎的多愁善感，讓你總喜歡對受害者擠出幾滴鱷魚眼淚。於是他就編了這齣戲，編造了兩個強盜的故事，五萬法郎第二次被偷。啊！我以主的名義向你保證，我向自己插進那一刀時，一點都不痛。我和我侄子，我們倆滿心歡喜地等著你，看著你的同夥們在我們家窗戶底下轉來轉去，研究地形。不會錯的，你肯定會來！因爲你既然把五萬法郎還給了寡婦杜格里瓦，你又怎麼可能會讓其他人再從寡婦那裡把五萬法郎偷走。出於你的自負，出於你的虛榮，你必須來！瞧，你眞的來了！」

寡婦發出刺耳的笑聲。

「唔！這招高明吧？羅蘋中的羅蘋！大師中的大師！神龍見首不見尾的人……瞧他竟然落入一個女人和小孩的陷阱！……瞧他血肉模糊的樣子！……瞧他手腳都被綁著，沒什麼好怕的。

瞧！……瞧！……」

她高興地顫抖起來，她開始用笨拙動物般的步伐在房間裡走來走去，眼睛一刻不離開她的獵物，羅蘋從未從一個人身上感受到如此的仇恨和野蠻。

「說的夠多了。」她說道。

她忽然克制住自己，走回他的身邊，用冰冷的語氣，低沉的聲音，一字一句說道：

「十二天來，羅蘋，多虧了你口袋裡的紙，我利用這段時間，瞭解了你所有事情、所有詭計、你所有的假名、你的同夥跟你的整個組織，你在巴黎和其他地方的所有房產。我甚至還去參觀了其中一處你最私密的住處，裡面放著你所有的文件，你的日誌和你金錢交易的所有細節。我調查的結果怎麼樣？還不賴！這是從四本支票簿上撕下的四張支票，對應的是你用四個不同名字在銀行開的四個帳戶。每張上面我都寫了一萬法郎。金額再大就會有風險，現在簽名吧。」

「哎呀！」羅蘋嘲笑道：「這完全就是敲詐，正直的杜格里瓦夫人。」

「嚇呆了，唔？」

「我嚇呆了。」

「你遇到對手了？」

「完全勝過我的對手，這個陷阱，就叫它地獄陷阱吧，我落入了這個陷阱，設置這個陷阱的寡婦不只被復仇的欲望驅使，還被另一個更強烈地、功利地想增加自己財富的欲望驅使。」

「完全正確。」

「恭喜恭喜，我在想，難道杜格里瓦先生剛好也是……」

「你說對了，羅蘋。情況都這樣了，何必還瞞著你？知道這個會讓你良心過得去。沒錯，羅蘋，杜格里瓦和你做的是同樣的事。哦！不像你那麼大規模……我們只是小偷小摸……從這兒偷一個金幣，從那兒……我們訓練出加百列，在賽馬場，四處偷小錢包……就這樣，我們慢慢地攢點錢……最後打算洗手不幹。」

「知道這個的確讓我比較舒服了。」羅蘋說。

「很好！但我把這個告訴你，是想讓你知道我不是新手，你一點希望也沒有。有人來救你？不，我們在的這個房間與我的臥室相通，有個專門的出口，沒有人知道。這是杜格里瓦的專用房間，他在這裡和朋友們碰面，你甚至還可以看到這裡有他幹活的工具，喬裝改扮的用品……他的電話。所以，別妄想了，你的同夥已經放棄找你了。我已經把他們引到另一個方向上，你徹底完了，你明白現在的形勢了嗎？」

「我明白。」

「那，簽名吧。」

「我簽完名後就自由了？」

「要等我取出錢後。」

「然後呢？」

「然後，我以我的人格、靈魂發誓，我會放了你。」

「我不信。」

「你有選擇嗎？」

「也對，拿來吧。」

她鬆開羅蘋的右手，給他一支毛筆，說道：

「別忘了四張支票是四個不同的名字，每次都要變筆跡。」

「別擔心。」

他簽完字。

「加百列。」寡婦又說道：「現在十點，如果中午我還沒回來，那就是這個混蛋耍了我，你就擰下他的頭。這把你叔叔自殺用的槍給你留著用，還剩五發子彈，足夠了。」

她一邊輕聲哼唱著一邊離開。

沉默很久後，羅蘋喃喃自語：

「我不會放棄的。」

他閉了會兒眼睛，然後突然對加百列說：

「多少？」

對方好像完全沒聽到，他大怒。

「啊，是的，多少錢？回答我！我們都做同樣的事，我們倆。我偷，你偷，我們都偷，那麼我們就該團結。嗯？好嗎？我們一起逃走？我給你在我的團體裡找份活？一萬？兩萬？開個價，別考慮了，我有的是錢。」

他看到他的守衛無動於衷，氣得直發抖。

「啊！他都不理我！你就那麼愛你的杜格里瓦叔叔，一點都不愛錢？聽著，如果你放了我……快，回答我！……」

羅蘋頓住了，年輕人的眼睛裡透露出的兇殘看起來那麼熟悉，怎麼能指望他會心軟？

「他媽的。」羅蘋咬牙切齒地說：「我不會像條狗一樣困在這兒！啊！要是我能……」

他綳緊身軀，想用力撐開繩索，一用力，卻讓他痛得發出一聲慘叫，他筋疲力盡地跌回床上。

「好吧。」一會兒後，他喃喃道：「寡婦說過，我完了，沒辦法了。神哪，羅蘋……」

十五分鐘過去，半個小時過去……

加百列靠近羅蘋，羅蘋閉著眼睛，呼吸就像一個睡著的人一樣。但羅蘋卻突然開口說：

「小子，別以為我睡著了。不，這種時候是不可能會睡著的，只是事已至此……我也只能這樣了，不是嗎？……而且，我要想想接下來會發生什麼事……好極了，這方面我有自己的一套理論。正如你現在看到的，我相信靈魂轉世，這解釋起來有點長……好吧，小子……離別前，我們是不是來握個手？不握嗎？好吧，永別了……身體健康、長命百歲，加百列……」

他眼皮垂下來，不再開口說話，一動也不動，直到杜格里瓦夫人回來。差幾分十二點的時候，寡婦突然回來，她看上去異常激動。

「我拿到錢了。」她對侄子說：「你走吧，我等會去樓下車裡找你。」

「但是……」

「不需要你來了結他，我一個人處理就夠了。當然，如果你心裡希望親眼看著這混蛋的嘴臉被……把槍給我。」

加百列把槍遞給她，寡婦又說道：

「我們的文件你都銷毀了？」

「是的。」

「我們動手吧，跟他算清總帳，然後我們馬上離開，因爲槍聲會把鄰居引來，不能讓他們在屋裡看到我們。」

她走向床。

「你準備好了嗎，羅蘋？」

「我都等不及了。」

「你還有什麼要交代的？」

「沒……」

「那麼……」

「有一句話。」

「說。」

「我在另一個世界碰到杜格里瓦的話，要我代妳跟他說點什麼嗎？」

她聳聳肩，把槍口頂在羅蘋的太陽穴上。

「很好。」羅蘋說：「千萬別害怕，我的夫人……我向妳發誓一點都不會痛。準備好了嗎？聽口令？一……二……三……」

寡婦扣動扳機，一聲槍響。

「就這樣，我死了嗎？」羅蘋說：「太奇怪了！我還以為死了的生活會跟現在不太一樣。」

槍聲又再次響起，加百列拿走他嬸嬸手上的武器，仔細檢查。

「啊！」他說：「子彈被人取走了……只剩把空槍……」

他和他嬸嬸傻傻地呆了好一會兒，完全不知道怎麼回事。

「怎麼可能？」她結結巴巴說道：「誰幹的？……警察？……檢察官？……」

她停下來，用古怪的聲音說道：

「聽……有聲音……」

他們仔細聽著，寡婦走去前廳，回來時，一臉怒氣，挫敗感和心底的害怕讓她非常生氣。

「沒人……鄰居們應該已經出門了……我們還有時間……啊！羅蘋，你居然在笑……刀，加百列。」

「在我房間。」

「去拿。」

加百列急忙離開，寡婦憤怒地直跺腳。

「我向他發過誓！……你會過去陪他！……我向杜格里瓦發過誓，每天早上，每天晚上，我都重複一遍……我跪著發誓，是的，在傾聽我的上帝面前跪著！我有權利爲死者報仇！……啊！好吧，羅蘋，我看你好像不笑了……見鬼！有人還說你不會害怕。你怕了！你怕了！我從你的眼睛裡看出來了。加百列，快來，我的孩子……看他眼睛！看他嘴巴……他在發抖……給我刀，我要嚇得他發抖，刺進他的心臟……啊！懦夫！……快，快，加百列，給我刀。」

「找不到了。」年輕人小跑回來，驚慌失措，說：「刀從我房間裡消失了！我不知道是怎麼回事！」

「太好了！」寡婦快要發瘋似地喊：「太好了！我自己動手。」

她抓住羅蘋的喉嚨，十指緊緊地掐住，用盡雙手的力氣，她拼命地掐緊。羅蘋吐出一口氣，便不再掙扎，他已經輸了。

突然，窗戶邊一陣破碎聲，一扇窗子裂成碎片。

「什麼？怎麼了？」寡婦站起來，嚇呆了。

加百列臉色比平時更蒼白，低聲說：

「我不知道……我不知道！」

「怎麼回事？」寡婦重複著。

她不敢動彈，靜靜地等著會發生什麼，尤其讓她害怕的是，他們身旁的地上，沒有任何炸彈，但是可以看到，玻璃被一個很大很重的東西打破，也許是一塊石頭。

等了一會，她開始在床下、衣櫃下尋找。

「沒東西。」她說。

「沒。」她侄子找了找，也沒發現什麼。

她坐下來，說：

「我感到害怕……手臂沒力氣了……你來做完吧……」

「我……我也害怕。」

「但是……但是……」她嘟噥著：「必須要……我發過誓……」

她鼓足勁走回羅蘋身旁，僵硬的手指緊掐住他脖子。羅蘋仔細觀察著她蒼白的臉，非常確定她已經沒力氣殺死他。對她來說，他變得神聖而不可侵犯。一股神祕的力量保護著他不受任何攻擊，這股力量，已經用不為人知的方法救過他三次，還會找出別的辦法幫他躲避死亡的危險。

她低聲對他說：

「你現在應該會嘲笑我了。」

「我發誓，完全不會。我要是妳，也會害怕。」

「混帳，你還認為有人會來救你……你的朋友們，嗯？不可能，我的先生。」

「我知道。不是他們在保護我……沒人保護我……」

「那麼？」

「那麼，不論如何，肯定有一種古怪、離奇、神祕的東西，讓妳害怕，我的夫人。」

「混蛋！……你等一下就笑不出來了。」

「我很期待。」

「等著吧。」

她想了想，對她侄子說：

「你說怎麼辦？」

「把他手綁住，我們離開。」他答道。

可怕的建議，這等於判處羅蘋最恐怖的死刑，讓他活活餓死。

「不。」寡婦說道：「他也許還能找到救命的稻草呢，我有更好的辦法。」

她拿起電話聽筒。接通後，她問：

「請接822—48。」

一會兒後。

「你好，警察局嗎？請問葛尼瑪警探在嗎？……離開不到二十分鐘？太不巧了！……總之，等他回來的時候，你跟他說是杜格里瓦夫人打的電話……是的，尼古拉・杜格里瓦夫人……告訴他請來我家，打開我家衣櫥的門，打開後，他就會看到衣櫥藏著一個入口，通往和我臥室相通的兩個房間。其中一間裡面，結結實實綁著一個男人，他就是偷走杜格里瓦錢包的小偷、兇手。你不相信我？告訴葛尼瑪先生，他會相信的。啊！我差點忘記說這個人的名字……亞森・羅蘋！」

她不再說一句話，掛斷了電話。

「瞧，辦好了，羅蘋。說到底，我更喜歡這樣子報復你，我會在旁聽羅蘋案件審判時笑到肚子疼！加百列，要走了嗎？」

「好的，嬸嬸。」

「永別了，羅蘋，我們不會再見面，因爲我們就要去國外了。不過，我向你保證當你在監獄裡時，我會寄糖果給你的。」

「寄巧克力吧，到時候我們可以一起吃。」

「永別了！」

「下次見！」

寡婦和她侄子一起走出去，留下羅蘋一人綁在床上。

他迅速擺動沒被綁著的胳膊，試圖掙脫，但是他試第一次時，就意識到他不可能有力氣弄斷綁著他的鋼繩。高燒和焦慮讓他筋疲力盡，在葛尼瑪到之前的這二十到三十分鐘，他能做什麼？

他不再指望他的朋友們，剛剛的三次他都死裡求生，明顯只是神奇的運氣好，不是朋友們的幫忙。要不然，他們不會只做這些戲劇化的事，他們肯定會將他毫髮無損地救出。

不，不能再有任何奢望，葛尼瑪就要來了，葛尼瑪會發現他在這裡，這似乎無法改變，已成定局。

一想到事件隨之而來的發展就讓他更加惱火，他已經可以聽到這位老朋友的嘲笑，他猜想嘲笑過後的第二天，必然是鋪天蓋地的新聞。他們會這麼說，羅蘋不是在作案時，或在作案現場被警方抓到！而是在這種情況下被逮捕，或者不如說是被送給警方，這實在是太愚蠢了。曾經無數次嘲弄過別人，這回在杜格里瓦事件中，終於輪到羅蘋成爲笑柄，他最後居然落入寡婦的地獄陷阱，如一盤野味一樣，火候正好、美味可口地被送給警方。

「該死的寡婦！」他低聲抱怨：「她不如直接掐死我。」

他豎起耳朵，隔壁房間有人走動。葛尼瑪？不可能，他再迅速也不可能那麼快到。而且葛尼瑪他開門時不會像這個人這麼輕手輕腳。羅蘋想起了救他性命的三次奇跡，有沒有可能眞的有人在保護他不被寡婦所害呢？而現在這人要救他，但在這種情況下，會是誰呢？……

羅蘋看不到這個神祕人，他蹲在床後，羅蘋聽出鉗子夾斷鋼繩的聲音，他一點一點自由了，先是他的上半身，然後是胳膊、腿。

一個聲音對他說：

「你得穿上衣服。」

虛弱的羅蘋半直起身，神祕人這時站了起來。

「妳是誰？」他低聲問：「妳是誰？」

眼前所見讓他大吃一驚，他旁邊站著一位身著黑衣的女士，戴著面紗遮住了一部分臉。他只能看出這位女士很年輕，體型優美纖細。

「妳是誰？」他又問道。

「必須快點離開……」女士說：「時間不多。」

「我做不到！」羅蘋絕望地試著動彈，說：「沒力氣了。」

「喝下這個。」

她倒了杯牛奶，她把杯子遞給他時，面紗打開，臉露了出來。

「妳！是妳！……」羅蘋結結巴巴地說：「妳在這裡？……是妳之前？……」

他呆呆地看著這位女士的臉，她的臉部線條和加百列的出乎意料地相似，精緻端正，同樣地慘白，嘴巴也一樣地僵硬冷酷。即使是加百列的姐妹也不可能和他如此地相似，毫無疑問的是同一個人，羅蘋沒有絲毫覺得加百列男扮女裝，相反，他強烈感覺到是一個女人在他身邊，那個追捕他、刺他一刀的少年確實是一個女人。礙於那個職業，爲了練習起來更方便，杜格里瓦夫婦總是把她打扮成一個男孩。

「妳……妳……」他重複著：「誰想得到呢？」

她把一個藥瓶裡的東西全部倒進杯子裡。

「喝下這些藥。」她說。

他猶豫了一下，想到可能是毒藥。

她又說：

「是我救了你。」

「的確，是的……」他說：「剛剛是妳拿走槍裡的子彈？」

「是的。」

「也是妳把刀藏起來的？」

「是的，刀就在我的口袋裡。」

「是妳在妳嬸嬸要掐死我時，打破玻璃？」

「是我，用桌上的紙鎮丟的，丟到街上去了。」

「但這是爲什麼？爲什麼？」他問道：「實在太奇怪了。」

「快喝。」

「所以妳不想要我死？那爲什麼一開始要把我抓來？」

「喝下去。」

羅蘋一口喝下，也不知道自己突然哪來對她的信任。

「穿上衣服……快……」她一邊從窗戶旁走過來，一邊命令他。

他乖乖照做，卻筋疲力盡地跌坐在椅子上，她走回他身邊。

「必須走了，必須，我們只剩下一點時間……拿出你所有力氣。」

她稍稍低下身讓他靠在她肩膀上，攙著他走到門口、電梯口。

羅蘋一直走，一直走，就像在夢中一般，這些稀奇古怪的夢中發生了世上最離奇的事，他度過這兩個星期的恐怖噩夢後的一個美夢。

一個念頭掠過他腦海，他笑了起來。

「可憐的葛尼瑪！他運氣眞是不好，我願意付錢在現場看他要怎麼逮捕我。」

多虧同伴用大到驚人的力氣攙扶著他走下樓梯，來到街上，前面是一輛汽車，她扶他上車。

「開車。」她對司機說。

迷迷糊糊的羅蘋在整個路程中幾乎沒有任何意識，也想不起途中發生的事情。當他回到家，回到他的一處住宅時，才醒過來，身邊有一位僕人照顧他，年輕女士正吩咐僕人。

「你下去吧。」她對僕人說。

看到她也要走，羅蘋抓住她的裙角。

「別走……先別走……先跟我解釋……妳爲什麼救我？妳回來救我，妳嬸嬸不知道吧？爲什麼救我？同情嗎？」

她不說話，背部挺直，頭微微傾斜，還是一副如同謎一般，冷冷的表情。但是他相信，從她的嘴巴，他看到更多的是苦澀，而不是殘忍。她的眼睛，她漂亮的黑色眼睛透露出她的憂傷。雖然不明白是什麼，羅蘋卻隱隱知道發生在她身上的事情。他抓住她的手，她驚跳著推開他，他感到一種仇恨，甚至是厭惡。他堅持拉住她，她尖叫道：

「放開我！……放開我！……你難道不知道我很討厭你？」

他們互相看了一會，羅蘋十分困惑，她顫抖著，手足無措，蒼白的臉因爲發怒而有了一絲紅潤。他輕輕對她說：

「如果妳討厭我，應該讓我死……這很容易，妳爲什麼不那麼做呢？」

「爲什麼？爲什麼？我怎麼知道？……」

她的臉抽搐起來，突然，她用兩隻手擋住臉，他看到兩行淚在手指中流淌。

他非常感動，忍不住想對她說一些溫柔的話，就像安慰一個小女孩一樣，給她一些好的建議，輪到他來救她了，要把她從不幸的生活中解救出來。

但是，說這些話實在很傻。現在他已經明白了，這位病床邊的年輕女士，因爲一直照顧一個自己傷了的男人，欣賞他的勇敢和幽默，進而喜歡上他，爲他癡迷，夾雜著仇恨和愛情，出於本能，情不自禁的讓他三次死裡逃生。

這一切實在太奇怪，太出乎意料了，羅蘋仍在震驚之中，這次，當她倒退走向門口時，他沒有留住她，她的視線一直沒有離開他。

她低下頭，笑了笑，走了。

他突然按響服務鈴，對僕人說：

「跟著這位女士，然後……不，還是不要跟了……這樣可能比較好……」

很長一段時間，他一直在思索著，腦中揮之不去年輕女士的身影。然後，他又回想了一遍這段離奇、令人緊張而戲劇化的故事，他差點就死了。他從桌上拿起一面鏡子，他有點自得地一直盯著自己的臉，傷痛和恐慌並未讓他看起來有任何一點不堪。

「就是說，無論如何……」他喃喃自語道：「要當個俊俏的小夥子!……」

紅絲巾之謎

某天早晨，警探葛尼瑪按往常一樣的時間，從家裡走去警察局。走在普格里斯大街時，他注意到前面的一個男人舉止十分怪異。

雖然已經是十二月份，這個衣著襤褸的男人，仍然戴著頂破草帽，每隔五十到六十步，他便會蹲下，要麼是重新繫鞋帶，要麼是拾起手杖，要麼就是其他什麼事。每次，他都會從口袋拿出一小塊橘子皮，偷偷丟在人行道邊上。

沒人會注意這個，可能只是個人怪癖，或是鬧著玩，但觀察力敏銳過人的葛尼瑪不會對此無動於衷。只有查出事情隱藏的眞相，他才會滿意，於是他開始跟蹤這個男人。

男人右轉走到大軍路上時，一個十二歲左右的小男孩沿著左邊的房子走著，葛尼瑪發現男人和

 125

小男孩在交換某種暗號。

走了二十幾公尺，男人蹲下撩起褲腳，一片橘子皮被遺留在他停下的地方。同一時間，小男孩也停下來，用一小截粉筆，在身邊的房子上畫了個十字，十字外面畫了個圓圈。

這兩人繼續走著，一分鐘後，他們又停了下來。男人撿起一個別針，丟下一塊橘子皮，小男孩馬上也在牆上畫了第二個十字，十字照樣畫在一個圓圈內。

警探暗自嘀咕，想著：

「見鬼！這是什麼意思……這兩個傢伙到底在圖謀什麼東西？」

這兩個傢伙繼續走過弗里德蘭大街和聖奧諾雷大街，他們的行動仍然被警探關注著。

可以說，兩人按照近乎規律的間隔，機械地進行著重複的動作。很明顯的，一方面，男人只有在選好要做標記的房子後才會丟橘子皮，而另一方面，小男孩只有在注意到同伴的信號時才會在這棟房子上做標記。

他確定兩者的行爲有著相關性，而在警探看來，這奇怪的行爲的確有著深意。

到了博沃廣場，男人猶豫了會兒。然後，他似乎下定決心，兩次撩起褲腳，又拍打了兩次。而小男孩則是坐在人行道邊上，在內務部守衛士兵的前面，畫了兩個被圓圈包圍的十字。

到了愛麗舍宮旁邊，也是同樣的儀式。只是在總統府站崗哨兵巡邏的人行道上，不是畫了兩個十字，而是三個。

「這是什麼意思？」葛尼瑪嘀咕著，激動的臉色都有點發白，每當出現神祕的情景時，他總不由自主地想到了他那個死對頭羅蘋……

「這是什麼意思呢？」

差一點，他就想抓住這兩個傢伙，好好盤問一番，但以他的聰明還不至於幹出這樣的蠢事。橘子皮男人點燃了一支菸，而小男孩也拿出一支菸靠近他，裝出借火的樣子。

他們相互交談了幾句，突然小男孩遞給同伴一樣東西，而至少在警探看來，那像是一把放在槍套裡的手槍。他們一起湊近看這樣東西，接著男人接連六次轉身對著牆，一邊把手放進口袋，好像在給手槍裝子彈。

這件事完成後，他們立刻重新上路，在不引起注意的前提下，警探盡可能接近的尾隨他們來到了蘇瑞娜大街，看著他們走進一棟老房子的門廊裡。除了四樓和頂樓，這棟老房子的所有窗戶都緊緊關閉著。

他急忙跟著進了大門，穿過車道門庭，在一個大院子的盡頭，他注意到房子上面掛著一塊油漆行的招牌，左邊則是一座圍有外牆的樓梯。

他走上樓梯，一到二樓，便聽到樓上傳來激烈打鬥的吵雜聲，他急忙衝了上去。

當他來到頂樓平臺時，門是開著的，他走進去，豎起耳朵仔細辨別打鬥的聲音，然後衝向傳出聲音的房間，當他氣喘吁吁地站在房間門檻上時，吃驚地看到橘子皮男人和小男孩正用椅子敲打著

127

地板。

就在這時，另一個人從隔壁房間走了出來，這是一個二十八到三十歲左右的年輕男子，留著修剪得很短的連腮鬍鬚，戴著眼鏡，穿著毛皮短上衣，看上去像是俄羅斯人。

「你好，葛尼瑪。」他說。

然後對他的兩個同伴說：

「非常感謝，親愛的朋友，這樣的結局正是我想要的，這是我承諾的報酬。」

他給了他們一張一百法郎的鈔票，把他們推出門去，然後把兩扇門都關了起來。

「向你道歉，我的老朋友。」他對葛尼瑪說：「我需要跟你談談……而且很急。」

他伸出手，看警探依然回不過神來，憤怒地幾乎要發瘋，他說道：

「你看上去還不明白……這一切已經很清楚了……我急需見你……懂了嗎？……」

接著裝作回應對方的抗議：

「別這樣，我的老朋友，不要自欺欺人了。如果我給你寫信或者打電話，你要麼是不來……要麼就會帶著整個警隊來。而我只想單獨見見你，所以就想到只要派這兩個傢伙和你碰碰面，讓他們一路上撒橘子皮，畫十字和圓圈，也就是給你指引出到這裡的路，就是這樣。咦？你看上去很吃驚。怎麼了？你認不出我嗎？也許要給你個提示？羅蘋……亞森・羅蘋……用腦子想想……這個名字不會讓你想起什麼嗎？」

「畜牛。」葛尼瑪從牙縫裡蹦出兩個字。

羅蘋一臉遺憾，滿懷深情地說：

「你生氣了？是的，我從你眼睛裡看出來了……因爲上次的杜格里瓦案件，是不是？我應該在那等著你來抓我？……見鬼，我當時怎麼就沒想到！我向你保證下次我一定……」

「混蛋。」葛尼瑪咬牙切齒道。

「我還以爲這樣請你來你會很高興呢！我發誓眞這麼想過：『這個老夥計葛尼瑪，我們都好久不見了，他應該會跳上來摟住我的脖子吧。』」

葛尼瑪依然一動也不動，似乎已經從震驚中恢復過來。他環顧四周，盯著羅蘋，擺明了在考慮要不要跳上去掐住他脖子，然後，他克制住自己，抓起一把椅子坐下，看來他決定要好好傾聽這個宿敵的談話。

「說吧。」葛尼瑪說：「別說廢話，我沒時間。」

「當然。」羅蘋說：「我們聊聊，沒有比這裡更安靜的地方了。這處老旅館是洛什羅日公爵的房產，他從不在這兒住，我租了這層，樓下則是租給一個油漆商。我還有好幾處類似的住處，都非常方便。在這兒，雖然我看上去像個俄羅斯爵爺，不過我使用的身分是是前公使尙・杜布列……你懂的，我選這個人滿爲患的職業是爲了不引起人們注意……」

「你跟我說這些幹什麼？」葛尼瑪打斷他的話。

「其實，我剛只是在閒聊……你很忙，眞不好意思，我要說的事情不會很長……最多五分鐘……我開始進入正題了……來根菸？不要？很好，我也不抽。」

他也坐了下來，邊思忖著邊彈著桌上的鋼琴，然後開口說：

「一五九九年十月十七日，一個熱鬧的好日子……你有在聽嗎？……嗯，一五九九年十月十七日……總而言之，難道我們眞的非要去回顧亨利四世統治時期，或者去翻閱新橋的編年史嗎？不，沒必要，我們不應該侷限於法國歷史。唔……我可能把你搞混了，其實你只需要知道，昨天晚上將近凌晨一點，一名船夫從這座新橋的左岸第一個橋拱下經過時，聽到有人從橋上丟下一樣東西，本來可能是打算丟到塞納河河底的，卻恰巧丟到這名船夫的船頭上面。獵狗吠叫著衝上前，當船夫快走到船頭時，他看到獵狗嘴裡叼著一份包著幾樣東西的報紙。他把這幾樣沒丟進水裡的東西收集起來，帶回自己房間，仔細地查看了一遍，結果相當驚人。而這個男人似乎與我的一位朋友有關係，他便把我叫去。所以今天早上，有人把我叫醒並告知我整件事情，還把撿到的東西交給我。看，就是這個。」

他把東西拿出來擺在桌上，先是一張報紙被撕碎的碎片，還有一個很大的水晶油墨水匣，盒蓋上綁著一截長長的細繩，然後是一小塊碎玻璃，接著是一個揉成一團的軟紙盒，還有一條鮮紅的絲綢，絲綢一端綁著同樣材質同樣顏色的流蘇。

「仔細看一下這些證物，老朋友。」羅蘋說，「當然，如果那隻笨狗沒把一部分東西咬爛的話，我們會更容易解開這個疑團。不過我想只要我們稍加思索，運用點智慧，應該就能夠解決了。這些不正是你最大的優點嗎？你說呢？」

葛尼瑪沒有反駁，他默默地承受著羅蘋的嘮叨，但是自尊卻逼迫他不做出答覆，哪怕是可能被當作同意或拒絕的點頭搖頭。

「我想我們的觀點應該完全一致。」羅蘋看上去並沒注意到警探的沉默，繼續說：「我用一句話總結一下這些瑣碎東西告訴我們的事情。昨天晚上，九點到十二點之間，一位打扮顯眼的小姐被人用刀刺傷，然後被一位穿著體面、戴著單片眼鏡的先生掐住喉嚨，活活勒死。這位男士是賽馬界人士，受害者剛和他一起吃了奶油夾心蛋糕和長形巧克力泡芙。」

羅蘋點了一根菸，抓住葛尼瑪的袖子說道：

「嗯！讓你目瞪口呆了，警探！你之前是不是認爲我們這些門外漢對警察推理的技巧應該一竅不通。錯了，先生，羅蘋玩起這些推理就像小說中的偵探一樣高明。至於我推理的證據？非常明顯簡單。」

一邊展示一邊指著這些東西，他又說道：

「首先，昨天晚上九點過後（報紙碎片上有著昨天的日期，而且是份《晚報》；另外，你可以看這裡，報紙上還粘著一截黃色的繩子，這是用來郵寄訂閱的報刊雜誌用的，訂閱的報紙在晚上九點之後才會有人派送到住處。）因此，昨天晚上九點過後，一位穿著體面的先生（請注意，這塊玻璃碎片的邊沿有個單片眼鏡的小孔，而單片眼鏡主要是貴族用品。）一位穿著體面的先生走進一家麵包店（看這個形狀精緻的紙盒，裡面還能看到一點人們習慣放在奶油夾心蛋糕和長形巧克力泡芙裡的黃油。）

「這位單片眼鏡的先生帶著點心和這位年輕女士碰頭，她鮮紅的絲巾足以表現出她的打扮很顯眼。碰頭後，出於我們不知道的原因，他先刺了幾刀，然後用這條絲巾勒死了她。（眼鏡扶好仔細看，警探，你會看到，在絲巾上，有更深的紅色痕跡，這是擦拭刀的痕跡，那裡則是沾滿鮮血的雙手緊緊纏住布的痕跡。）凶案做完後，爲了不在身後留下一絲痕跡，他從口袋裡拿出：一、他訂閱的報紙，留下的碎片看的出來是一份賽馬報紙，因爲標題很明顯；二、一根繩子，應該是一條馬鞭上的細繩（這兩個細節可以證明，這位先生對賽馬很感興趣且自己有養馬，不是嗎？）眼鏡架在打鬥中弄碎了，於是他把單片眼鏡碎片收集起來，用剪刀剪破絲巾（看這些剪刀的切線），剪下絲巾弄髒的部分，其他的部分應該留在死者緊握的手中，再把麵包房的紙盒揉成一個球。他還放了其他作案工具，像剪刀，但是後來應該掉進塞納河底了。他把所有的東西都包在報紙裡，爲了增加重量，用一根細繩綁住這塊水晶墨水匣，然後便溜走了。一會兒之後，包裹掉到了船夫的船上。就是這樣，唔，說得我口乾舌燥！你覺得如何？」

他緊緊盯著葛尼瑪，看自己一番話會對他產生什麼效果，但葛尼瑪依然保持沉默。

羅蘋開始笑了起來。

「基本上，你被嚇到了，不過你肯定也在奇怪：『有案子，爲什麼這個死羅蘋要交給我，而不是自己留著，自己追捕兇手，查個水落石出？』這問題確實問得很好。我雖然很想自己解決，但是……事情總會有個但是：我沒時間。現在我的事情已經忙不過來，倫敦發生了一起劫案，洛桑也有一起，馬賽有一起兒童調包案，還得搶救一個被死神糾纏的年輕女子，這些案子都在手頭上。所以我就對自己說：『如果我把案子給我的葛尼瑪呢？現在案子已經解決一半了，他應該能順利結案。而且也會讓我欠他一個大人情！他肯定會好好露上一手的。』」

「於是我馬上行動，早上八點，我便打發橘子皮男士跟你見面，你上鉤了，九點鐘你就到這了。」

羅蘋站起來，身子微微傾向警探，雙眼直視著他，對他說：

「句號，結束啦，故事結束了。可能很快你就查出受害者……大概是某個芭蕾舞者，或是某個在咖啡館表演的歌手。另外，兇手有可能就住在新橋附近，大概是在河的左岸。最後，你需要當作證據的東西都在這裡，我當作禮物送給你。幹活吧，我只留著這條絲巾，如果你需要將這個絲巾組合起來時，把另外一條給我，就是警察的正義之手從受害者脖子上取回的那條。一個月之後交給我，就在今天，也就是十二月二十八日上午十點。你一定能找到我的，不要擔心，我剛說的一切都是眞的，好友，我向你保證，絕不是惡作劇。準備行動吧！啊！順道一提，有個細節很重要，當你要抓這個單片眼鏡男人時，小心點，他是左撇子。再見了，老夥伴，祝你好運！」

羅蘋旋即轉身，來到門口，打開門，在葛尼瑪做出決定前便無影無蹤了。警探一下子跳了起來，快步向前，但他很快注意到門的把手無法轉動，他不瞭解是何種構造，但他需要十分鐘來拆開這把鎖，然後再花十分鐘去拆開前廳的鎖。當葛尼瑪由四樓衝下時，他已經完全沒希望再看到羅蘋的蹤跡了。

況且，他也不想再碰上羅蘋，羅蘋總給他一種奇怪、複雜的感覺，摻雜著些許害怕、怨恨，和某種自已不能欣賞的特質，他還有著某種模糊的預感，無論自己多麼努力，多麼堅持不懈地追查，也不可能和這個對手媲美。他出於責任和自尊追捕他，卻總是怕被這個令人生畏的騙術家欺騙，怕在隨時準備嘲笑他出錯的公眾面前被他戲弄。

尤其是這個絲巾的故事實在令人起疑，從各方面來說，當然，這個故事很有意思，但是，又有多少眞實性呢！羅蘋的陳述表面看起來很有邏輯，但能夠接受嚴格的檢視嗎？

「不。」葛尼瑪對自己說：「這不過是個玩笑……一堆沒有任何根據的空想和假設，我不會因爲這樣就採取行動的。」

當他來到奧費佛爾河堤三十六號上的巴黎警察總部時，他已經完全下定決心當這件事沒有發生過，不把它當一回事。

他上樓來到辦公室，他的同事對他說：

「你見到局長了嗎？」

「沒有。」

「他剛才找過你。」

「啊？」

「沒錯，快去見他。」

「在哪？」

「伯爾尼街……昨天晚上發生了一起謀殺案……」

「啊！死者是誰？」

「我不太清楚……我猜大概是咖啡館裡表演的歌手。」

葛尼瑪嘀咕道：

「見鬼！……」

二十分鐘後，他走出地鐵，朝伯爾尼街走去。

死者在戲劇界的別名叫做「藍寶石珍妮」，在三樓有一間簡陋的公寓。由一名警員領著，警探先是穿過兩間房間，最後來到臥室，一名負責調查的檢察官，警察局長帝杜伊還有一名法醫早已在現場。

第一眼看去，葛尼瑪打了個哆嗦。他發現，在長沙發上躺著的那位已經死去的年輕女士的雙手緊緊纏住一截紅色絲巾！裸露在弧形上衣外面的肩膀上有兩處傷口的痕跡，傷口周圍的血漬已經凝固。面部抽搐，近乎發黑，殘留著發狂似的驚恐表情。

剛剛做完檢查，法醫說道：

「初步檢查的結果很明顯，死者先是被匕首刺了兩刀，然後被掐死，很明顯是窒息死亡。」

「見鬼！」葛尼瑪暗自又嘀咕，他想到羅蘋說的話，談到的這次罪行……

檢察官反駁道：

「但是脖子上沒有手的勒痕。」

「是勒死沒錯。」法醫宣告：「兇手可能是用死者戴的絲巾將其勒死，但絲巾現在只剩下死者自衛時雙手緊緊抓住的這部分。」

檢察官說：「但是，為什麼只剩下這部分？其他的到哪去了？」

「其他的，也許沾到了血跡，被兇手帶走了，可以清楚看出用剪刀匆忙剪破的痕跡。」

「見鬼！」葛尼瑪第三次暗自在齒縫間嘀咕道：「這個畜生羅蘋好像親眼看到一樣。」

「那犯罪動機呢？」檢察官問道：「鎖是被撬開的，衣櫥翻得亂七八糟，你有什麼看法嗎，局長？」

局長回答道：

「依據女僕的供詞，我能提出一個假設。死者的歌唱才華非常平庸，但卻因美貌聞名。兩年前，她從俄羅斯的一次旅行歸來時，帶回來一顆好像是宮廷大人物送給她的藍寶石。也就是從這天起，人們稱她爲藍寶石珍妮。她對這個禮物非常得意，但出於謹愼並不佩戴，我們能假設藍寶石被竊就是犯罪動機嗎？」

「女僕知道放藍寶石的地方嗎？」

「不，沒人知道，而這間房間的一片狼籍證明兇手也不知道在哪。」

「我們再去問問女僕。」檢察官說道。

帝杜伊局長把葛尼瑪拉到一旁，對他說：

「你看起來很怪，葛尼瑪，怎麼了？你在懷疑什麼嗎？」

「完全沒有，局長。」

「眞糟糕，我們局裡需要一次大動作的搜查，已經有幾起像這樣的案子都沒找到兇手，這次我們必須迅速找出眞凶。」

「這很困難，局長。」

「再困難都必須找到兇手，聽我說，葛尼瑪。據女僕說，藍寶石珍妮的生活非常規律，一個月以來，每天表演結束後，大概十點半左右，她都會跟一位男士碰面，一直到午夜。『這是一個上流社會的男人，他要娶我。』藍寶石珍妮這樣宣稱。另外，這個上流社會的男人非常小心翼翼，每次經過門房住處時，總是將衣領豎起，帽沿壓低，不讓人看見。而藍寶石珍妮，在他來訪之前總會將女僕支開，我們必須找到這個人。」

「他沒有留下什麼線索嗎？」

「沒有，顯然我們面對的是一個很厲害的傢伙，他精心準備了這次的犯罪，沒有留下任何會被逮捕的證據，抓住他我們就聲名大噪了。全靠你了，葛尼瑪。」

「啊！你全指望我，局長。」警探回答：「好吧，再說吧……再說吧……我不是不行……只是……」

他看上去很緊張，他的不安讓帝杜伊局長很震驚。

「只是。」葛尼瑪繼續說：「只是我向你保證……你聽著，局長，我向你保證……」

「你向我保證什麼？」

「沒什麼……我們之後再說，局長，之後再說……」

只有走到外面時，葛尼瑪才說出了一次完整的一句話，他跺了跺腳，用最強烈氣憤的聲音，高聲說：

「只是，我在上帝面前發誓，我將用我自己的方法逮捕兇手，絕不用那個壞蛋給我的任何資訊。啊！絕不，那個混蛋……」

他咒罵著羅蘋，氣憤自己被捲入這個案子，但已經下了決心要將它調查清楚。他漫無目的地走在街上，頭腦一片混亂，他努力想在腦子裡整理出一點頭緒，想從散亂的事情中找出被大家忽略的、羅蘋沒有懷疑到的一點小細節來，讓他能夠成功破案。

在一家酒館裡迅速吃完晚飯後，他接著繼續散步，突然他停了下來，大吃一驚，不知所措，因爲他走進了羅蘋幾個小時前引他進來的那棟房子的門裡。一種比意志力更強大的力量又把他引回這裡，問題的解決方法就在這裡，這裡有事實的所有眞相。不管他做什麼，羅蘋的論述總是如此清楚，推理總是如此精確，這種奇跡般的預言又總是擾亂人心，他只能在這個敵人丟下案子的地方重新做起。

他不再猶豫，走上了四樓，公寓的門開著，裡面的證物沒人動過，他將證物帶著離開。

這時他開始推理，但可以說，他是在不得不服從羅蘋大師的推理下行動。

假設兇手住在新橋附近的話，那就需要在這座橋通往伯爾尼街的沿路上找到那家賣那些糕點，且夜間有營業的麵包店。沒找多久，在聖拉薩火車站附近，一個麵包店櫥窗擺放著與他手上拿著的相同材質、相同形狀的紙盒。裡面的一位服務生回想起昨天晚上接待過一位藏在毛皮大衣領子後面的先生，而且她看到了他的單片眼鏡。

「看，已經確定了，第一個線索。」葛尼瑪想著：「我們的先生戴著單片眼鏡。」

接著，他將報紙的所有碎片拼起來，拿給一位報商看，他很輕易認出這是《賽馬畫報》。很快他便來到《賽馬畫報》辦公室，要了一份訂閱者名單。在這份名單上，他找出了所有住在新橋附近地區的住戶，而既然羅蘋說過是在河的左岸，他使挑出了住在塞納河左岸的住戶姓名和住址。

隨後他回到警局召集了六、七個警員，詳細指示後，將他們分派出去。

139

晚上七點鐘時，最後一名手下回來向他報告了好消息，一位《賽馬畫報》的用戶普瑞瓦先生住在奧古斯丁河岸的公寓裡。昨天晚上，他穿著一件毛皮大衣，手裡拿著從門房那裡拿來的信件和《賽馬畫報》離開，回來時已經是午夜。

這位普瑞瓦先生戴著副單片眼鏡，他是賽馬場的常客，自己養了幾匹馬騎，偶爾拿來出租。

調查如此迅速，結果和羅蘋的指示如此吻合，以致於葛尼瑪在聽警員彙報時都心神不寧。再一次，他又領教到羅蘋擁有的神奇力量，在他所經歷的人生中，他從未遇見這樣一位有著如此敏銳、靈敏頭腦的先知。

他找到帝杜伊局長。

「一切都準備好了，局長，你有逮捕令嗎？」

「什麼？」

「我說一切都準備好了，可以進行逮捕了，局長。」

「你知道誰殺了藍寶石珍妮？」

「是的。」

「怎麼回事？請解釋一下。」

葛尼瑪有點遲疑，臉微微發紅，但是他還是回答道：

「一次偶然，局長。兇手把所有能證明他犯案的證據丟進塞納河裡，包裹裡的一部分東西被人撿到，交給了我。」

「誰撿到的？」

「一個害怕報復、不願說出姓名的船夫，而我有了所有必要的線索，案子就很簡單了。」

然後警探講述了他如何破的案。

「你把這叫做偶然！」帝杜伊局長喊道：「你還說這個案子很簡單！這可是你打的一次漂亮勝仗，你自己把它辦完吧，我親愛的葛尼瑪，還有，小心點。」

葛尼瑪也很急於結束這個案子，他來到奧古斯丁河岸上，將手下們分派在房子四周。詢問門房太太後，她表示這個房客正在外面用餐，但是他總是會規律地在晚飯後回到家。

還沒到九點時，她探出窗戶，通知葛尼瑪，葛尼瑪立刻輕輕吹出一聲口哨。一位戴著高聳帽子、裹在毛皮大衣裡的先生走在塞納河的人行道上，他穿過馬路，朝房子走來。

葛尼瑪走上前：

「你是普瑞瓦先生嗎？」

「是的，你是？……」

他沒來得及說完，看到從暗處走出來的人，普瑞瓦快速後退到牆角，正對著對手們，他背靠著地下室一家窗戶緊閉的商店大門。

「往後退。」他喊道：「我不認識你們。」

他右手揮舞著一根厚重的手杖，而左手則在身後摸索著，似乎想開門。

葛尼瑪感覺他能從那裡通過某個祕道逃走。

「上，」他邊說邊衝上前，「……沒錯，你被捕了……投降吧。」

但是當他抓住普瑞瓦的手杖時，葛尼瑪忽然想起羅蘋的警告：普瑞瓦是左撇子。那麼他左手找的其實是手槍。

警探趕緊低下身子，他看到對方迅速掏出手槍，兩身槍響迴蕩在空中，沒有人中彈。

幾秒鐘後，普瑞瓦下巴被搶托狠狠敲了一下，倒在地上，九點鐘時，他便被押送到拘留所。

葛尼瑪在那時已經小有名氣。他用如此簡單的方法如此快速地抓住兇手，警方也迫不及待地到處宣傳，這讓他很快聲名大噪。人們隨即將普瑞瓦安上其他未偵破案件的罪名，而各方報紙亦忙不迭地稱讚葛尼瑪的本領。

案件一開始進行地很順利，首先，人們注意到普瑞瓦的眞名是湯姆斯・德若克，之前就有過案底。另外，在他家搜查之後，雖然沒有發現新的物證，卻發現和用來捆綁包裹一樣的一團繩子，和一把能造成死者類似傷口的七首。

然後，第八天時，一切發生了變化。普瑞瓦在此時拒絕回答一切問題，他在律師支持下提出了一個非常確切的不在場證明：案發當晚，他在「瘋狂的牧羊女」夜總會。

而人們確實在他的煙盒中發現一張寫著當天日期的座位票券和一張節目單。

「精心準備的不在場證明。」檢察官反駁。

「提出證明啊。」普瑞瓦回答。

雙方你來我往，麵包店的小姐覺得認出了這位單片眼鏡男士，伯爾尼街的門房太太也覺得認出這位經常拜訪藍寶石珍妮的先生，但是沒有人敢眞的肯定是他。

這樣一來，審訊沒有得出任何確鑿的證據，沒有一項有力的證據能夠提出訴訟。

檢察官把葛尼瑪找來，告訴他自己面臨的尷尬處境。

「我不能再繼續下一步了，缺乏控告的證據。」

「但是，你也知道，檢察官先生！如果普瑞瓦是無辜的，他在警方抓他時就不會抵抗了。」

「他宣稱以爲自己遭到襲擊，他還說自己從來沒有見過藍寶石珍妮，而我們也確實沒有找到能使他啞口無言的證人。再加上，假設藍寶石眞的被盜了，但我們在他家也沒有任何發現。」

「也許還有其他地方還沒找。」葛尼瑪反駁。

「是的，但這不能成爲他的控告罪名，你知道我們現在需要什麼嗎，葛尼瑪，最重要的證據是絲巾的其他部分。」

「其他部分？」

「是的，因爲很明顯的，兇手把它帶走是因爲絲巾上有手指的血印。」

葛尼瑪沒有回答，幾天以來，他知道整個案件最終只有這個解決辦法，不可能找到其他的證據。只有找到絲巾，普瑞瓦的罪名才能確定，或者說，葛尼瑪目前的處境是必須讓普瑞瓦罪行成立，他負責此次的逮捕，並因此聲名遠揚，被稱讚爲最令罪犯生畏的對手，如果普瑞瓦被釋放，他毫無疑問將淪爲笑柄。

不幸的是，唯一的不可缺少的證據現在在羅蘋的口袋，他要如何得到呢？

葛尼瑪竭盡全力進行調查，重新查看案件，花了無數個不眠之夜挖掘伯爾尼街上的祕密，他努力模擬普瑞瓦的生活，出動了十名警員尋找失蹤的藍寶石，但一切都只是徒勞無功。

十二月二十七日，檢察官在法院走廊上叫住了他。

「葛尼瑪先生，有沒有新的發現？」

「沒有，檢察官先生。」

「既然這樣，我只能放棄這個案件。」

「請再給我一天時間。」

「爲什麼？我們需要的是絲巾的另一半，你有嗎？」

「我明天就能拿到。」

「明天？」

「是的，但是請把你手上的那塊交給我。」

「要做什麼用呢？」

「這樣我才能向你保證還你一條完整的絲巾。」

「一言爲定。」

葛尼瑪走進檢察官辦公室，出來時，手上拿著半截絲巾。

「他媽的！」他嘟囔：「是的，我會拿到絲巾當作證據，我肯定會……只要羅蘋膽敢前來赴約。」

實際上，他並不懷疑羅蘋有這個膽量，只是，確切地說，這讓他很惱怒。爲什麼羅蘋想要這次會面？他這樣做有什麼意圖？

他憂心忡忡，滿腔的仇恨，憤怒讓他近乎發狂。他決定採取一切必要措施，不僅僅爲了避免落入對方的陷阱，更爲了不錯過這個逮住對手的大好機會。明天就是十二月二十八日，羅蘋約定的日子，在徹夜研究了蘇瑞娜大街上那家舊旅館後，他確信整棟樓只有大門一個出入口。他已經通知手下們和他一起到現場，在那裡將展開一次抓補行動。

他將手下安插在一家咖啡館，指令已經下達，如果他出現在四樓的窗戶旁，或者他一個小時後仍然沒有出現，警員們就會包圍房子，逮捕從裡面出來的任何人。

警探檢查手槍良好，確保能從口袋輕易掏出後，他便走上樓。

他大吃一驚地看到所有的東西和他走時仍然一樣，門大大敞開，鎖被撬壞。主臥室的窗戶正對著大街，他走進其他幾間房間，沒有一個人。

「羅蘋先生害怕了。」他低聲說，夾雜著一絲心安。

「你眞笨！」一個聲音在他身後響起。

轉過身後，他看到一個穿著長長的油漆工夾克衫的老人站在門口。

「別找了。」那人說：「是我，羅蘋。我今天早上就在樓下的油漆商那工作，現在是用餐時間，我就上來了。」

他微笑地看著葛尼瑪，喊道：

「眞是的！老夥伴，在這種討厭的時間還得跟你見面，就算拿你十年的生活來換我都不幹，但是我太喜歡你了！專家，你怎麼想？我對這案子推理得正確嗎？都在我的預料之內嗎？絲巾的祕密也被我看透了嗎？我不會說我的推理中沒有漏洞，整個推理不是沒有缺少幾個環節……但是這實在是智慧的傑作！多棒的案情推理，葛尼瑪！對所發生事情的預言，對發現案件到你來這裡尋找證據的預言，一切都太準啦！多麼完美的猜測！你有帶來絲巾嗎？」

「是的，一半，你有另一半嗎？」

「瞧，在這，把它們拼起來吧。」

他們把兩截絲巾放在桌上，剪刀剪開的缺口完美地吻合，顏色也完全一樣。

「但我猜，」羅蘋說：「你來這裡不只是爲了這個，你感興趣的是看看上面的血跡，跟我來，葛尼瑪，這裡光線不夠。」

他們來到隔壁靠近院子的房間，這裡更明亮，羅蘋把絲巾貼在玻璃窗上。

「看。」邊說他邊讓到一旁。

警探激動地顫抖起來。上面可以清楚地看到五個手指的痕跡和手掌的印痕。這個證據無可辯駁，兇手用沾滿鮮血的手抓著絲巾，用絲巾勒住脖子，也就是這隻手攻擊了藍寶石珍妮。

羅蘋強調：

「而且這是一隻左手手印，就像你所看到的，所以我提出的警告也就不値得奇怪。因爲我可以接受你承認我是一個聰明人，我的好朋友，我不希望你把我當成裝神弄鬼的巫師。」

葛尼瑪急忙把那截絲巾放進口袋，羅蘋沒有拒絕。

「是的，老夥伴，這是給你的，看到你開心，我也非常開心！你看，這一切都不是陷阱……只是熱心幫忙……同志之間、朋友之間的幫忙……而且，我向你坦白，是的，我想看檢查一下另外一截絲巾……警方那塊……別擔心，我只是出於好奇，我會還給你……只要一秒鐘。」

當葛尼瑪漫不經心地聽他說話時，他也假裝隨意地玩弄著另一半絲巾頭的流蘇。

「太精緻了，女人們的細活！你注意到調查中的細節了嗎？藍寶石珍妮心靈手巧，她自己縫製帽子和裙子。這絲巾絕對也是她自己做的……其實，我從第一天起就注意到這點。出於我好奇的本性，我很榮幸告訴你，你剛拿走的絲巾我已經非常仔細地研究過，在流蘇裡面，我找到了一塊小小的聖牌，這位可憐的小姐放在那裡當作護身符。令人吃驚的細節，不是嗎，葛尼瑪？一個慈悲聖母的小雕像。」

警探非常吃驚，但眼睛依然一刻不離。羅蘋繼續說：

「那麼，我對自己說：找到另一截絲巾應該也很有意思，也就是警察在死者脖子上發現的那一截！因爲，我終於拿到手的這一截，也綁著一個流蘇……那麼我想如果裡面也藏著小東西，那麼藏的應該是……看，我的好朋友，做得多麼精緻！但不複雜！只要拿紅色細線捲繞著空心的橄欖核編織就可以，在中間留一個小小的空隙，小空間，當然要很窄，但是卻足以放進一個聖牌，或者其他東西……一個首飾……一塊藍寶石……」

就在這時，他把絲綢線捲打開，在橄欖核空心處，他用食指和中指夾出一塊漂亮的藍色石頭，色澤純正，形狀完美。

「嘿，我剛說什麼了，我的好朋友？」

他抬起頭，警探臉色蒼白，眼神迷茫，看上去嚇傻了，直勾勾地看著他眼前發光的寶石，他最後終於明白了羅蘋的陰謀。

「畜生！」他低聲說，又像第一次見面時一樣開始辱罵。

兩個男人面對面直直地站著。

「給我。」警探說。

羅蘋遞給他絲巾。

「還有藍寶石。」葛尼瑪命令道。

「笨蛋。」

「給我，否則……」

「否則什麼，笨蛋？」羅蘋大聲說，「啊！你不會以爲我把案子給你卻不求回報吧？」

「給我！」

「你把我當傻瓜嗎？怎麼！四個星期以來我讓你像獵狗一樣到處奔跑，你以爲……你看，葛尼瑪，我只花了一點功夫……明白了吧，四個星期以來，你只是一隻狗……被我使喚著『葛尼瑪，拿來……給先生拿來……啊！爸爸的好狗……』這下你知道白忙一場啦？」

壓抑胸中快要噴發出的怒火，葛尼瑪現在只想著一件事，呼叫警員們。但是因爲他現在所在的房間面對的是另一面的院子，因此他開始慢慢移動，想要退後到門口，到時他就能打開門，衝到隔壁打破窗子集合警察。

羅蘋繼續說：「你和其他人一樣，都沒有一點腦子！從你們拿到絲巾那刻起，就沒有一個人有一丁點念頭去摸一摸，沒有一個人去想想爲什麼這個可憐的小姐要死死抓住絲巾。沒有一個人！你們做事情都是在碰運氣，完全不會思考，沒有一點主見。」

警探已經達到自己目的，就在羅蘋稍微離他遠一點的瞬間，他轉過身抓住門把手，但是他禁不住咒罵——把手紋絲不動。

羅蘋放聲大笑。

「這個！甚至連這個你都沒有想到！你給我佈下圈套，卻沒想到我早就發覺了……你就這樣乖乖跟來這個房間，也不想想我是不是故意讓你過來這裡，你竟然也忘記這裡的房間鎖都有特別的機關！現在，老實講，你還有什麼要說的？」

「我還有什麼要說？……」葛尼瑪漫不經心地說。

突然，他掏出手槍，瞄準對方。

「舉起手來！」他喊道。

羅蘋站在他面前，聳聳肩膀。

「盡說蠢話。」

「舉起手來，我再說一遍。」

「蠢話，你的槍用不了。」

「什麼？」

「你的老僕人，卡特琳娜小姐是我的人，今天早上你在喝咖啡牛奶的時候，她已經把槍裡的火藥給浸濕了。」

葛尼瑪怒氣衝衝，收起手槍，撲向羅蘋。

「然後呢？」羅蘋一邊利索地抓住對方踢向他大腿的腳，一邊說。

兩人的衣服幾乎就要碰到，雙方挑釁的眼神就像兩個即將動手的敵人一樣。

然而，他們並沒有打起來，葛尼瑪一想到過去的打鬥，這次打鬥就變得毫無意義。想到之前所有的失敗，無數次徒勞的攻擊，每次羅蘋總能迅如閃電地回擊，葛尼瑪一動也不動，他感到自己什麼都做不了。羅蘋力大如牛，有什麼用呢？

「這樣就對了。」羅蘋用一種友好的語氣說：「最好待著別動，另外，我的老朋友，好好想想這次冒險所帶給你的名聲，並且隨之而來的大有希望的晉升，還有因此才有的幸福晚年。你難道還會想再多加藍寶石及可憐羅蘋的腦袋！這不公平，別忘了羅蘋救了你的命。是的，先生！是誰在這裡告訴你普瑞瓦是個左撇子？……你就是這樣感謝我的嗎？這很不好，葛尼瑪。是的，你讓我很難過。」

就這樣，羅蘋閒聊著，耍了和葛尼瑪一樣的伎倆，他走到了門口。意識到敵人就要從身邊溜走，葛尼瑪想要擋住去路，腹部卻被羅蘋用頭一頂，把他撞到了牆那邊。

羅蘋輕鬆弄開鎖的彈簧，轉動把手，打開門，三個動作後便大笑著離開了。

二十分鐘後，當葛尼瑪終於和自己人接頭時，其中一個警員對他說：

「有一個油漆工從房子裡出來，他和他其他同事一樣吃飯回來，他交給我一封信。對我說：『把這給你們老闆。』我問給哪個老闆時，他已經走遠了，我猜應該是給你的。」

「拿來。」

葛尼瑪打開信，信是在匆忙之下用鉛筆潦草寫的，內容如下：

我親愛的朋友，這封信是要告誡你不要過於輕信他人。當某人告訴你槍裡的火藥被浸濕時，不論你多麼信任此人，就算是亞森・羅蘋說的，也不要上當。先開槍再說，如果某人被擊倒在地，你就能證明：第一，子彈沒有浸濕；第二，老卡特琳娜小姐是最忠實的女僕。

希望我以後有這個榮幸能認識她，我親愛的朋友，請接受你眞誠的朋友最誠摯的問候。

亞森・羅蘋

死神遊蕩

亞森羅蘋繞著圍牆走了一圈，回到原本的出發點，圍牆沒有任何缺口，必須通過一道窄小矮重，從裡面牢牢加鎖的小門，或者從那扇有著警衛監視的大門，才能進入廣闊的莫沛特領地。

「或者，」他說，「有個好辦法。」

他走進藏著摩托車的灌木叢，解下繞在坐墊底下的一圈細繩，朝已經在巡視中做好記號的地方走去。那個地方遠離主要道路，在一個小樹林的附近，圍牆內花園裡種植的大樹已經探出牆頭。

羅蘋在繩子一端綁上石頭，拋到一根他能勾住並跨坐在上面的粗大樹幹上。隨後用力一晃，順勢攀過牆，沿著樹爬下，然後輕輕地跳到花園草地上。

這時正值冬天，他透過光禿禿的樹枝，在綿延的草坪上，看到遠處小小的莫沛特城堡。他因爲怕被發現而躲在樅樹後，拿起小望遠鏡細細地察看著外部破舊而陰暗的城堡。所有窗戶緊閉著，似乎是密封的百葉窗，城堡看上去無人居住。

「破破爛爛。」羅蘋低聲說，「這個城堡一點也不華麗，我可不願待在這種地方。」

三點的鐘聲響起，平臺一樓的一扇窗戶打開，出現了一個裹在一件黑色大衣裡的纖細女性身影。

女人來來回回走了好幾分鐘，她邊走邊灑麵包屑，很多鳥兒很快便圍到她身邊，然後，她從延伸至中心草坪的石階走了下來，沿著右邊的小徑走著。

羅蘋用望遠鏡清清楚楚地看著她從那邊走來，她個子高䠷，一頭金髮，體態優美，完全一副小姑娘的神情。沐浴在十二月的陽光下，她一邊好玩似地折下沿路灌木枯死的樹枝，一邊輕快地走著。

當她走到離羅蘋只有原先的三分之一距離時，突然響起一陣狂怒的狗吠聲，這是一隻體型巨大的丹麥獵犬，想從旁邊的一個狗棚衝出來，但被一根鎖鏈綁著。

年輕女孩本能的往後躲了躲，然後繼續走過去，並沒有太在意這個似乎每天都會發生的事件。獵犬更加憤怒，站了起來，拉扯鐵鏈，幾乎就要掙脫。

走了三四十公尺遠後，年輕女孩或許感到煩躁，轉過身，朝著狗擺了擺手。丹麥獵犬發狂般暴跳起來，後退到狗棚裡，然後再一次拼命向前衝。接著年輕女孩驚慌失措地發出一聲尖叫——瘋狗衝了出來，身後拖著斷開的鐵鏈。

她開始奔跑，用力地奔跑，絕望地呼救。但是，沒跑幾下，瘋狗就衝到她身後。她很快筋疲力盡的摔倒在地，毫無抵抗之力，畜生已經靠近，幾乎就要碰到她。

就在此時，一聲槍聲響起，瘋狗一下子向前打了個踉蹌，然後又站起來，用爪子在地上刨了幾下，氣喘吁吁的慘叫著，然後在一聲沉悶的呻吟和喘氣聲後便倒下了，一切安靜下來。

「死了。」快速衝過去後，羅蘋說，他隨時準備開第二槍。

年輕女孩已經站起身，臉上發白，身體還在不停地顫抖著，她很吃驚地看著這個她不認識，剛才卻救了自己一命的男人，低聲說：

「謝謝……我剛才害怕極了……時間剛剛好……非常感謝，先生。」

羅蘋摘下禮帽。

「請允許我自我介紹，小姐……保羅·多布列……在解釋之前，先等我一下……」

他蹲到狗屍體旁，仔細檢查了鎖鏈上瘋狗用力扯斷的地方。

「正是如此！」他唇邊輕輕道，「……我猜的沒錯。天哪！事情馬上就要發生了……我應該早點過來的。」

轉向年輕女孩，他激動地對她說：

「小姐，我們一分鐘都不能浪費，我出現在這個花園裡確實很無禮，但我不想要有人發現我，我來此和妳有關，妳認為城堡裡有人會聽到槍聲嗎？」

年輕女孩好像已經從驚嚇中回過神來，勇敢的本性使她堅定地回答：

「我認為沒有。」

「令尊今天在城堡裡嗎？」

「我父親生病臥床已經幾個月了，還有，他的窗戶在另一邊。」

「僕人們呢？」

「他們也在另一邊居住、工作，從沒人到這兒來，只有我會到這裡來散步。」

「那很可能沒人看到我，再加上這些樹把我們給擋住了。」

「很可能。」

「那我就可以放心跟妳談話了。」

「當然，但是我不明白……」

「妳馬上就會明白的。」

他稍微走近她，說道：

「請允許我簡單說明一下，四天前，簡妮・達爾瑟小姐……」

「是我。」她微笑著說。

「簡妮・達爾瑟小姐。」羅蘋繼續說，「給她一位叫馬塞琳娜的朋友寫了一封信，這位朋友住在凡爾賽……」

「你怎麼知道這些？」年輕女孩很吃驚地問，「我沒寫完就把信撕掉了。」

「妳把碎片丟在從城堡到範多姆的路邊。」

「確實是……我當時在散步……」

「這些碎片被撿了起來……第二天我就收到了訊息。」

「那……你已經讀過？……」簡妮‧達爾瑟帶著點怒氣問道。

「是的，我冒昧了，但是我不後悔，因爲我能救妳。」

「救我……從誰手中？」

「死神。」

羅蘋清晰簡短地說出這句話，年輕女孩哆嗦了一下。

「我沒有受到死神威脅。」

「不，小姐，接近十月底時，妳坐在平臺的座椅上看書，妳習慣每天同一時間在這裡看書，突然屋簷上一塊大礫石裂開砸了下來，就差幾釐米就會砸中妳。」

「只是一次偶然……」

「十一月一個美麗的夜晚，妳在月光下穿過菜園時，有人開了一槍，子彈從妳耳邊掠過。」

「至少……我覺得這……」

157

「最後，上個星期，花園裡小溪上的小木橋，離瀑布只有兩公尺遠，就在妳過橋時突然倒塌，妳最後能及時抓住一根橋樁而死裡逃生簡直就是奇跡。」

簡妮・達爾瑟努力擠出笑容。

「也許，我寫給馬塞琳娜的這些只是一系列巧合，偶然……」

「不，小姐，不，一次這種意外可以接受……兩次也可以……但是卻還有第三次！……在如此離奇的情況下發生同樣的事情，那確實不應該認爲三次都是偶然。這也是爲什麼我自告奮勇前來相助，而如果我的介入不是祕密進行的話，也不會有效，所以我毫不猶豫的來到這裡……沒有經過正門。而我來得正是時候，就像妳剛才說的：『時間剛剛好』，敵人又對妳展開一次攻擊。」

「怎麼！……難道你認爲？……不，這不可能……我不相信……」

羅蘋拿起鎖鏈給她看。

「看最後一環，毫無疑問被削磨過，要不然這樣的鎖鏈是不會被掙斷的，磨過的痕跡很明顯。」

簡妮的臉一下刷白，她美麗的臉龐在驚恐下糾結起來。

「但是誰會對我這樣做？」她結結巴巴地說，「太可怕了……我沒有傷害過任何人……但是很明顯你是對的……而且……」

她低下聲說完：

「而且，我父親是否也受到了同樣的威脅。」

「也有人攻擊他？」

「沒有，他沒走出過臥室。但是他病得這麼嚴重！……他完全沒有力氣……無法走動……而且呼吸困難，好像心臟就要停止跳動一樣。啊！太可怕了！」

這時，羅蘋感到自己已經取得她完全的信任，他對她說：

「不要害怕，小姐。如果妳完全聽我的，我保證一定會成功的。」

「是……是……我願意……但是這一切如此可怕……」

「請相信我，聽我說，我需要一些資訊。」

他一個接一個地快速提出問題，簡妮・達爾瑟也快速作答。

「這條狗從來沒有鬆開過，是不是？」

「從來沒有。」

「誰負責餵養？」

「大門的警衛，日落時，他會給它帶來一些糧食。」

「所以，他可以靠近它不被咬？」

「是的，只有他，因爲這狗很兇暴。」

「妳不懷疑這個人？」

「哦！不……巴普提斯特！……絕不……」

「其他僕人有嫌疑嗎？」

「沒有，我們的僕人對我們都非常忠心，他們很愛我們。」

「妳有朋友在城堡居住嗎？」

「沒有。」

「沒有兄弟？」

「沒有。」

「所以妳父親是妳唯一的保護者？」

「是的，但我剛剛也對你說過他現在的狀況。」

「妳對他提過這幾次遇到的危險嗎？……」

「提過，但我做錯了，我們的醫生，老格羅爾特醫生警告我不能讓他情緒太過起伏。」

「妳母親呢？」

「我已經記不起她了，她已經去世十六年……剛好十六年。」

「妳那時……」

「還不到五歲。」

「妳那時就住在這裡？」

「我們那時住在巴黎，第二年，我父親才買下這座城堡。」

羅蘋沉默了一會兒，然後說道：

「很好，小姐，謝謝妳。目前，這些資訊對我來說足夠了，而且我們兩個再待在這裡太過冒險。」

「但是。」她說，「警衛，馬上就會發現這條狗……要說是誰殺的呢？」

「妳，小姐，妳爲了自衛。」

「我身上從不帶武器。」

「妳要相信自己有帶。」羅蘋笑道：「因爲妳殺死了這畜生，妳一個人能殺死它，然後大家愛怎麼想就怎麼想。這主要是爲了我，當我下次來城堡時，我就能不被懷疑的進來。」

「來城堡？你打算怎麼做？……」

「我還不知道怎麼做……但是我會來的。從今晚開始……我再說一遍，保持冷靜，由我來應對一切。」

簡妮看著他，完全被他折服，被他的堅定神情和誠意征服，她只說了句：

「我很冷靜。」

「好，一切都會好起來的，今晚見，小姐。」

「今晚見。」

她向遠處走去，羅蘋眼睛一直跟隨著她，直到她消失在城堡轉角，他低聲說：

「多美的人兒！她要是發生不幸是多麼遺憾的事，幸好勇敢的亞森・羅蘋會保護她。」

他似乎並不擔心，豎著耳朵，在花園隱蔽處邊走邊找他在外面做了記號的小門。這是菜園的小門，他拿下插銷，取走掛在門上的鑰匙，然後，沿著牆壁回到他爬過的那棵樹下。兩分鐘後，他騎上自己的摩托車離開。

莫沛特小鎮就在城堡旁邊，羅蘋打聽後知道格羅爾特醫生就住在教堂旁邊。

他敲門後被帶進問診室，他自稱保羅・多布列，住在巴黎蘇瑞娜大街，與警方有祕密的非官方合作。透過一封被撕毀的信件，他得知正發生一些威脅達爾瑟小姐生命的事件，便趕來相助。

格羅爾特醫生是一名老鄉村醫生，對簡妮十分關愛，聽完羅蘋解釋後，很快便贊同羅蘋的觀點，不能否認這些事件是一起陰謀的證據。他非常激動，對來訪者表示了自己的熱情好客，挽留他一起用晚餐。

兩個人談了很久，晚上兩人一起來到城堡。

醫生來到二樓病人的臥室，請求允許他帶來一名年輕同行，因爲他打算休養一陣子，之後會由這位同行代替他。

進去時，羅蘋發現簡妮・達爾瑟正在她父親的床頭，她露出吃驚的樣子，然後在醫生的指示下離開房間。

醫生當著羅蘋的面開始問診，達爾瑟先生臉部因病痛而異常消瘦，高燒灼痛了他的雙眼。這天他特別抱怨自己的心臟在痛，聽診後，他非常焦慮地詢問醫生，每個答案對他而言都似乎是種解脫。他還提到了簡妮，他確信有人在害她，而他女兒應該還經歷了其他可怕的事件。雖然醫生否認，他依然很擔心。他想過要不要報警，讓警察來調查。

激動的情緒讓他一下子筋疲力盡，他慢慢陷入了昏睡。

走廊裡，羅蘋喊住醫生：

「你看，醫生，你的觀點很正確，你覺不覺得達爾瑟先生的病也有不尋常之處？」

「怎麼？」

「是的，假設有這樣一個敵人，想讓父親和女兒都消失……」

格羅爾特醫生看上去被這個假設嚇呆了。

「確實……確實……這個病有時的症狀非常奇怪！……那麼，腿部幾乎完全癱瘓，應該是由於……」

醫生想了想，然後，他低聲說：

「下毒，但……什麼毒？……還有，我沒發現任何中毒跡象……假設……你在做什麼？……怎麼了？」

兩人剛剛談著談著，便來到二樓的一個小客廳前，趁醫生給父親看病，簡妮在這兒用晚餐，羅蘋透過敞開的門，看到她往唇邊遞一杯她已經喝了幾口的飲料。

他很快衝上去，抓住她的胳膊。

「妳在喝什麼？」

「是……」她愣住了，說道，「剛泡的……茶。」

「妳剛才臉上露出難喝的表情……爲什麼？」

「我不知道……好像……」

「好像？……」

「裡面有……一種苦味……但，這應該是我摻進去的藥劑味道。」

「什麼藥劑？」

「每天晚飯我都會喝的藥劑，是你的配方，對吧，醫生？」

「是的。」格羅爾特醫生答道，「但是這種藥劑沒有任何味道……妳很清楚，簡妮，妳已經喝了半個月了，而這是第一次……」

「確實……」年輕女孩輕聲說，「這次的有一種味道……啊！我的嘴巴好燙。」

格羅爾特醫生親自嘗了一口杯裡的飲料。

「啊！噗！」他邊往外吐，邊叫道，「這不可能！」

而羅蘋則仔細檢查裝著藥劑的小瓶，他問道：

「白天這個瓶子放在哪裡？」

但是簡妮已經沒有辦法回答，她一手緊扶胸口，臉上煞白，雙眼抽搐，看上去痛苦萬分。

「好痛……好痛。」她結結巴巴地說。

兩位男士很快把她抬到臥室，讓她平躺在床上。

「得用催吐劑。」羅蘋說。

「打開櫃子。」醫生吩咐道，「裡面有一個醫藥箱……拿到了嗎？拿出一個小管子……是的，就是那個……熱水……茶几上有。」

專門伺候簡妮的女僕在聽到鈴聲後也連忙趕來，羅蘋對她解釋說達爾瑟小姐生了一種莫名其妙的病。

然後，他回到餐廳，檢查碗櫥和櫥櫃，接著下樓去廚房，藉口說醫生打發他來查看下達爾瑟先生的用餐。他假裝隨意地和廚師、僕人和正在城堡裡吃飯的警衛巴普提斯特閒聊起來。

再次回到樓上，他找到醫生。

「怎麼樣了？」

「她睡著了。」

「有危險嗎？」

「沒有，幸好她只喝了兩三口，但是，這已經是你今天第二次救了她的命，檢驗這個小瓶子應該能幫助我們找到證據。」

「檢驗毫無用處，醫生，已經確定有人在下毒。」

「但是是誰呢？」

「我不知道。但是策劃這一切的魔鬼對城堡的作息非常瞭解。他像在公園裡散步一樣，來去自如的削磨獵狗的鎖鏈、在食物裡摻毒藥，簡而言之，他和他想殺害的人一樣生活在這個城堡裡。」

「啊！你確信達爾瑟先生也同樣受到威脅？」

「有可能。」

「是僕人幹的嗎？這不可能吧。你確定？……」

「我什麼都不確定，我什麼都不知道，我所能說的，就是形勢很嚴峻，必須要小心會有更壞的事情發生。死神就在這裡，醫生，死神在這個城堡裡遊蕩，不久，它就會抓住它追捕的那些人。」

「那該怎麼辦？」

「小心提防，醫生。我們可以以擔心達爾瑟先生的健康爲由，睡在小客廳裡。父親和女兒的房間就在隔壁，一有緊急情況，我們保證能馬上察覺。」

他們拿來一張躺椅，約定好輪流守夜。

實際上羅蘋只睡了兩到三個小時，半夜的時時候，他沒有通知同伴便離開了房間，小心翼翼地繞著城堡走了一圈，然後從大門出去。

九點鐘左右，他騎著摩托車來到巴黎。半路上，他給兩個朋友打了電話，兩人已經在那裡等著他。羅蘋已經提前想好要進行的調查，三個人一整天都各自分頭行動。

下午六點，他又急急忙忙出發。他之後跟我說起時，說他從來沒有如此魯莽過，在一個十二月霧濛濛的晚上，車燈光線幾乎穿不透霧氣，他發瘋一樣的飛速趕回來。

大門的門還開著，他跳下車，一直跑到城堡，幾個大跨步上了二樓。

小客廳裡一個人也沒有。

他毫不猶豫，也沒有敲門便走進簡妮的臥室。

「啊！你們在這裡。」當看到簡妮和醫生坐著聊天時，他長舒一口氣說。

「怎麼了？有新狀況嗎？」醫生看到這個一貫冷靜的男人如此激動，擔憂地問到。

「沒有。」他回答，「沒有什麼新狀況，這裡呢？」

「這裡也沒有，我們剛從達爾瑟先生那裡過來，他這一天狀態很好，胃口也很好。至於簡妮，你看，她臉色已經恢復了。」

「她必須離開這裡。」

「離開！這不可能。」年輕女孩反駁道。

「必須得這樣做。」羅蘋狠狠地跺著腳說。

很快，他便控制住自己，說了幾句抱歉，然後接下來的三四分鐘裡他都保持沉默，簡妮和醫生感到很困惑。

最後，他對年輕女孩說：

「妳明天早上出發，小姐，只去一個或兩個星期，我帶妳去妳凡爾賽的朋友那裡，就是妳寫信給她的那位。我請求妳從今天晚上開始準備，大大方方地，告訴僕人們……而醫生會告訴達爾瑟先生，讓他明白這次旅行將採取所有可能的預防措施，這對妳的安全是必不可少的。還有，一旦妳父親體力恢復，他馬上會和妳會合。就這樣，好不好？」

羅蘋不容置疑而又柔和的聲音完全將她制服，她回答：

「好。」

「那麼。」他說，「動作要快，不要離開妳的房間。」

「但是。」年輕女孩顫抖地說，「今天晚上……」

「不要害怕，如果有一點危險，醫生和我會趕來的，聽到有人輕輕地敲三下門時，妳才開門。」

簡妮立刻把女僕叫上來，醫生去達爾瑟先生那裡，而羅蘋在小客廳裡吃了點東西。

「一切都結束了。」二十分鐘後，醫生說，「達爾瑟先生沒有反對，說到底，他也覺得最好把簡妮送走。」

他們兩個都走了出去，離開了城堡。

來到大門時，羅蘋叫來警衛。

「你可以把門關上，如果達爾瑟先生需要我們，馬上來找我們。」

莫沛特教堂敲響了十點鐘的鐘聲，小鎮上空烏雲籠罩，偶爾露出點點月光。

兩個人走了一百來步。

就快走近小鎮時，羅蘋突然抓住同伴的手臂。

「停！」

「什麼事？」醫生大聲說。

「有事。」羅蘋用顫抖的聲音說，「如果我計算的沒錯，如果這件事我沒有搞錯，今天晚上達爾瑟小姐將被謀殺。」

「嗯！你說什麼？」醫生害怕地激動起來，「但是，那爲什麼我們要離開？……」

「這麼做是爲了讓在暗中盯著我們一舉一動的罪犯及時犯案，讓他在我定的時間，而不是他自己選的時間作案。」

「那我們現在回城堡？」

「當然，但是我們分頭行動。」

「既然這樣，那趕快。」

「仔細聽我說，醫生。」羅蘋沉著地說，「不要浪費時間說廢話，首先，必須要躲過監視。所以你直接先回家，幾分鐘後當你確定沒有人跟蹤你時再出發。然後你沿著城堡的圍牆往左走，一直走到菜園的小門，這是鑰匙。當教堂響起十一點的鐘聲時，你打開門，走到城堡後面的平臺。第五扇的窗戶沒有關好，你只要翻過陽臺，一到達爾瑟小姐房間，你就把門上鎖，然後待著別動。你們仔細留意週遭動靜，不管聽到發生什麼事都不要動，我注意到達爾瑟小姐盥洗室的窗戶沒上鎖，是不是？」

「是的，是我讓她保持這個習慣的。」

「要謀害她的人會從那裡進去。」

「你呢？」

「我也會從那裡進去。」

「你知道誰是這個壞蛋？」

羅蘋猶豫了一下，然後回答：

「不……我不知道……不過，這樣做，我們就會知道。但是，我請你必須保持冷靜。一聲不吭、一動不動，不管到時發生什麼事。」

「我答應你。」

「這樣不夠，醫生，我要你發誓。」

「我向你發誓。」

醫生離開後，羅蘋馬上爬上附近的小山坡，在那裡可以看到二樓和三樓的窗戶，有些窗戶燈還亮著。

他等了很久，燈光一盞接一盞熄滅，和醫生背道而馳，他向右拐，沿著圍牆走到昨天晚上藏摩托車附近的樹叢。

十一點鐘聲響起，他計算著醫生穿過菜園和走進城堡的時間。

「唔。」他嘀咕，「這樣，一切都按照計畫進行，到時我會出手救援。羅蘋，敵人會迫不及待使出最後一招……哎呀，我應該出發了……」

他像第一次一樣，抓住樹枝，翻到牆上，然後抓住那棵樹最粗的樹幹。

這時，他豎起耳朵，他好像聽到窸窸窣窣的落葉聲。的確，他發現一個黑影，在距離他三十公尺處移動。

「見鬼。」他自言自語，「我完了，這混蛋發現我了。」

一道月光灑過，羅蘋清清楚楚地看到一個人拿槍瞄準他。他想跳下牆翻身逃走，但他馬上感到胸口一震，驚覺一聲槍響，他蹦出一句憤怒的咒罵，然後便像死屍一樣，從一根樹枝跌到另一根樹枝……

而格羅爾特醫生按照羅蘋的指示，已經翻過第五扇窗戶，摸索著向二樓走去。來到簡妮臥室前，他輕輕敲了三下門，然後被簡妮帶進房間，他馬上把門反鎖。

「躺到床上去。」他對穿著睡衣的年輕女孩低聲說，「妳要看起來像睡著一樣。哎呀，這裡還眞不暖和，妳盥洗室的窗戶有上鎖嗎？」

「沒有……你認爲該……」

「不，就讓它保持那樣，有人會從那進來。」

「有人會來！」驚恐萬分的簡妮說道。

「是的，毫無疑問。」

「你覺得是誰？」

「我不知道……我猜有人躲在城堡……或花園裡。」

「哦！我好害怕。」

「不要害怕，那個保護你的人看起來很厲害，做事也很穩重，他現在應該守在院子的某處。」

醫生熄燈之後，走近窗戶撩起窗簾，二樓延伸的屋簷擋住了視線，他只能看到遠處院子的一小塊地方，他回到床邊。

僅僅幾分鐘過去，對他們來說卻是既痛苦又漫長的過程。小鎭的鐘聲響起，但是他們幾乎沒有聽到，他們的注意力完全被深夜裡任何一點的細微的聲音吸引。他們傾聽著，神經高度緊張地傾聽著。

「你聽到了嗎？……」醫生輕輕說。

「是的……是的。」簡妮在床上坐起來。

「快躺下……躺下。」一會兒之後他又說，「有人來了……」

外面傳來輕微的聲音，然後是連續的模糊噪音，很難辨別是什麼聲音。他們感覺到隔壁盥洗室的窗戶被打開，一陣陣冷空氣向他們襲來。

情況突然變得明朗起來：隔壁有人。

醫生雙手微微發抖，拿起手槍，但是他想到羅蘋對他下的命令，他不願去違背，便一動不動。房間裡漆黑一片，他們看不出敵人在哪裡，但是他們猜出他已經來了。雖然看不見，他們感受著他的一舉一動，還有他踩在地毯上的輕微腳步聲，他們確信他已經走進房間。

然後敵人停了下來，他在離床五步遠的地方站著，一動也不動，也許他還沒法看清房內的情況，他正努力用犀利的眼神看清黑暗中的事物。

簡妮冰冷的手在醫生手掌中顫抖著，細汗密佈。

醫生的另一隻手緊緊握著武器，手指放在扳機上，他決定不管自己的誓言，只要敵人一碰床，他就會不顧一切的開槍。

敵人又走近一步，然後又停下來，在一片漆黑中，所有人都努力異常安靜而鎮定地窺視著。

簡妮和醫生雖然都非常害怕，但是他們只想著：要看個清楚，瞭解眞相，盯著敵人的臉。

那人又上前一步，然後再也不動了。在黑暗中，那人的輪廓顯得更黑，他們好像漸漸看出他的樣子，好像看到他的手臂一點點抬起來。

一分鐘過去了，接著又一分鐘過去。

突然，陌生人的右邊，一聲脆響……一道刺眼的光線一下子射向陌生人的臉。

簡妮發出一聲驚叫。她看到，站在她身邊，手裡拿著一把匕首的人，她看到……她的父親！

幾乎同時，光熄滅時，槍聲響起……醫生開了一槍。

「見鬼！不要開槍！」羅蘋喊。

他一把抱住醫生，醫生激動的說著：

「你們看到了……你們看到了……聽……他逃走了……」

「讓他逃吧……這樣最好。」

羅蘋又按下手電筒的開關，跑到盥洗室，看到那人已經離開，他便平靜地回到桌子旁，打開燈。

簡妮躺在床上，臉色慘白，已經昏厥過去。

「好吧。」羅蘋笑著說，「妳好好休息，沒什麼好擔心的了。一切已經結束了。」

「她父親……她父親……」老醫生嘀咕著。

「醫生，達爾瑟小姐生病了，請好好照顧她。」

不再做任何解釋，羅蘋又走回盥洗室，爬上屋簷。一把梯子靠在上面。他很快爬下去。沿著牆壁走了二十步遠的地方，他發現一個繩梯，爬上去便來到達爾瑟先生的臥室，房裡空無一人。

「很好。」他自言自語，「對手已經判斷出形勢對他不利，於是逃走了，祝他旅途愉快……房門是關著的？確實……我們的病人就是這樣把勇敢的醫生騙得團團轉，而自己晚上安然無恙地爬起來，在陽臺上綁繩梯，下來做些小動作。不笨嘛，這個達爾瑟。」

他把門打開，回到簡妮房間，醫生正從裡面出來，把他拉到小客廳。

「她睡了，不要打擾她，她受到這麼大的打擊，需要時間恢復。」

羅蘋拿起一個長腳杯，喝了杯水。然後他坐下，平靜地說：

「啊！他明天再也不會出現了。」

「你說什麼？」

「我說他明天再也不會出現了。」

「爲什麼？」

「首先，因爲在我看來，達爾瑟小姐對她父親並沒有很深的感情……」

「即便沒有很深的感情，但是想想……一位父親想殺害自己的女兒！一位父親，在幾個月裡，四次、五次、六次做出魔鬼的勾當！……那麼，難道這還不足以傷害簡妮這顆比任何人都要敏感的心嗎？這是多麼可怕的回憶！」

「她會忘記這些的。」

「沒人能忘記的。」

「她會忘記的，醫生，有個很簡單的理由……」

「說吧！」

「她不是達爾瑟先生的女兒。」

「咦？」

「我再說一次，她不是這個壞蛋的女兒。」

「你說什麼？達爾瑟先生……」

「達爾瑟先生只是她的繼父，她剛出生，她的父親，她親生父親就去世了。簡妮的母親改嫁給她父親的一位同姓堂兄，結婚那年她便去世，留下簡妮給達爾瑟先生撫養。達爾瑟先生先是把她帶到國外，然後買下這座城堡，因爲這個地區沒有人認識他，他就對外稱這個孩子是自己的孩子，所以她自己也不瞭解自己的身世。」

醫生依然很迷惑。他嘀咕道：

「這些事，你確定嗎？」

「我一整天都待在巴黎市政府，查閱了所有公民的資料，還詢問了兩位公證人，找到了所有的文件檔案，一切都毫無疑問。」

「但這不能解釋這起謀殺，或者更確切地說這一系列謀殺。」

「能。」羅蘋說，「從一開始，從我捲進這個案件的第一刻開始，達爾瑟小姐的一句話就讓我察覺到所有偵查該走的方向。她對我說：『我母親死的時候，我差不多五歲。』『到現在已經十六年了』。所以達爾瑟小姐馬上就要二十一歲了，也就是說她很快就成年了。然後，我注意到一個很重要的細節。成年代表什麼？代表她獲得財產自主的年紀，而達爾瑟小姐的財產，從母親那裡繼承的財產是什麼狀況？當然，我那時完全沒有想到是這位父親幹的。首先，沒有人會想到有這種事情，其次，這位腳不方便的達爾瑟演了齣好戲，臥床、病倒……」

「他確實病了。」醫生打斷他的話。

「所有這些都讓他得以排除嫌疑……再加上，我也以爲他本身是被害的對象。但是，難道他們家族裡沒有人能從他們死後受益嗎？我的巴黎之行揭露了眞相。達爾瑟小姐從母親那裡繼承了一大筆財產，她繼父則享有代理權。下個月，他應該要在公證人的見證下，在巴黎召開一個家庭會議，將財產還給達爾瑟小姐管理。而這眞相一旦暴露，他就會破產。」

「他沒有任何積蓄嗎？」

「有，但是他一連串投資的失敗導致他有著很大的虧損。」

「但是！簡妮並沒有要求拿回自己財產的管理權。」

「你忽略了一個細節，醫生，而我是從撕毀的那封信上看到的，達爾瑟小姐愛上了凡爾賽這位朋友馬塞琳娜的哥哥。而達爾瑟先生反對這場婚事。你現在應該明白爲什麼了，她一直等著成年，然後就能自主結婚，她的財產也會隨她一起嫁過去。」

「確實。」醫生說，「確實……這樣一來他就會破產。」

「破產，而他的最後一線生機就是養女死去，那他便能繼承財產。」

「當然，前提是沒人懷疑他。」

「當然，這就是爲什麼他策劃了這一系列事故，讓它看上去像是意外死亡。這也是爲什麼我要加快步伐，請你告訴他達爾瑟小姐馬上要離開。這時這個所謂的病人就不能借著夜色，遊蕩在花園或走廊裡，實施謀劃已久的陰謀。他必須馬上行動，沒有預先準備，拿上武器，迅速行動。我毫不懷疑他會這樣做，他果然來了。」

「他沒有絲毫懷疑嗎？」

「對我，當然有。他察覺到我今晚會回來，就守在我翻牆的地方。」

「那麼？」

「那麼。」羅蘋笑著說，「我胸口中了一槍……或者說我的皮夾中了一槍……看，上面還能看到一個洞……然後，我就裝作死人一樣從樹上滾下來。他認爲已經擺脫了唯一的對手，就朝城堡走去。我看到他徘徊了近兩個小時。然後，他下定決心，從倉庫拿來一把扶梯，放在窗戶旁，我所要做的只是緊跟著他。」

醫生想了想，說：

「你本來可以將他活活捉住，爲什麼要讓他上樓？對簡妮來說，這眞相太殘酷了……對她沒有好處……」

「這是一定要做的！否則達爾瑟小姐絕對不會相信這個事實，她必須親眼看到兇手的臉。她醒來後，你告訴她這些情況，她很快就會恢復的。」

「但是……達爾瑟先生……」

「他消失的事，你以後可以隨便解釋……突如其來的一次旅行……發瘋……人們會進行一些調查……然後，請放心，再也不會有人討論他。」

醫生點點頭。

「是的……確實……你說的對……這一切你都處理得如此高明，簡妮欠你一命……她會親自跟你道謝。而我能爲你做些什麼呢？你對我說過你與警方有關係……請允許我寫一封信給警方讚頌你的德行和勇敢。」

羅蘋笑了起來。

「當然，這樣一封信對我非常有好處，請直接寫信給我的頂頭上司，葛尼瑪警探。他將會非常高興得知他的手下，蘇瑞娜大街上的保羅・多布列又做了一件令人稱道的事。我之前才剛在他的指揮下打了漂亮的一戰，你應該有聽說過，就是那個『紅絲巾』案件……啊，勇敢的葛尼瑪，他收到信一定會非常開心！」

天鵝頸伊蒂絲

「亞瑟・羅蘋，老實說，你覺得葛尼瑪警探怎麼樣？」

「他很好啊，親愛的朋友。」

「很好？那你爲何老是捉弄他呢？」

「這是我的壞毛病，我也常感到後悔。但你想怎麼辦呢？這就是一般的社會現象。這裡有一名驍勇的警探，那裡還有許許多多負責維持秩序，保護我們免受強盜迫害，爲我們這些老百姓服務的警察。但我們卻往往只會用諷刺和蔑視來回報他們，這本來就是件怪事！」

「好極了，羅蘋，你說話的口氣就跟那些普通老百姓一樣。」

「不然我是什麼？即便我常對別人的財產有些獨特的想法，但我向你保證，一旦涉及到我的財產，我的態度就會截然不同。哎呀，誰敢碰那些屬於我的財產，誰敢碰我就對誰不客氣。噢！我的錢袋、我的錢包、我的手錶……別想用你們的髒手染指！從內心深處來說我就是個保守的人，親愛的朋友，骨子裡我是個想吃俸祿的小民，遵循一切傳統和權威，這就是我非常尊敬和感激葛尼瑪的原因。」

「但你不太欣賞他。」

「非常欣賞。除了英勇無比，這個警察局所有先生們都具備的特點外，葛尼瑪還非常嚴肅認眞、做事果斷、日光敏銳、判斷準確。我見過工作中的他，他是一號人物，你知道大家口中所說的『天鵝頸伊蒂絲』事件嗎？」

「跟其他人知道的一樣。」

「那就是完全不知道內情囉，好吧，這可能可以算是我策劃的最爲精心的一起事件，考慮得十分周全，做足了防範措施，而且這起事件我設計得迷霧重重，執行起來尤爲費心，眞是策劃精妙、部署嚴密的一局。然而葛尼瑪最終破解了謎局，而今，多虧了他，警察局的人才了解了眞相，我向你保證這個眞相讓人驚嘆。」

「可以說來聽聽嗎？」

「當然……改天吧……等我有時間的時候……今天晚上布魯妮麗在歌劇院表演，如果她沒看到我在場……」

我難得遇見羅蘋，他只有在興之所至時才會稍稍提起他的經歷。我也只能通過這些點點滴滴的描述，以及這些事件的一些支離破碎的細節記錄，重組成一個完整而詳盡的故事。

人們都記得故事的開端，所以我只大概敘述一下這件案件的要點：

三年前，在雷恩火車站，一輛從布列斯特駛來的火車被發現一節運送行李的車廂車門被撬壞了，租用這節車廂的是一位有錢的巴西人——斯巴芒多上校，他和他的妻子也乘坐同一班火車。被撬壞的車廂裡有一套掛毯，其中一個裝有一幅掛毯的箱子被撬開，裡頭的掛毯不翼而飛。斯巴芒多上校起訴鐵路公司，並要求鐵路公司就其中一幅掛毯的丟失導致無法完整收藏成套掛毯而造成的貶值支付大筆賠償金。

警方開始追查，鐵路當局則拿出一筆巨額獎金。兩個星期之後，一封沒封好的信被郵局截獲並拆開，人們才得知這場失竊案是亞森・羅蘋一手策劃，裡頭還寫到次日會有一個包裹寄往北美，當天晚上，警方在聖拉薩火車站的行李寄存處的一個箱子裡發現了掛毯。

因此羅蘋的計畫完全落空，他對此十分失望，他在寫給斯巴芒多上校的便條裡大發牢騷：

我已經很有分寸，只拿了一幅掛毯，下次我會把那十二幅全部拿走。好好記住，再見。

亞森・羅蘋

幾個月來，斯巴芒多上校一直住在一家酒店裡。這家酒店坐落在凡桑德爾大街和杜佛爾諾大街轉角處小花園的深處。斯巴芒多上校肩寬體壯，頭髮烏黑，面色黝黑，穿著樸素而考究。他娶了一位英國人做太太，她貌美絕倫卻身體嬌弱。掛毯失竊事件讓她深感不安。從事發的第一天起，她就求他的丈夫不要貪求高價，儘早賣掉這批掛毯。但上校的性格剛毅而固執，不會屈從於這種他所謂的女人的任性。他不但沒有出售掛毯，還加強了防範措施，想盡辦法杜絕盜賊翻牆入室。

首先，爲了只需監控朝向花園的大門，上校讓人把從一樓到二樓所有朝著杜佛爾諾大街的窗戶都封死。而後又和一家專門保護財產安全的公司合作。在他家掛有掛毯的那間畫廊每扇窗戶上都安裝隱形防盜裝置，只有上校自己清楚裝置的位置，這組裝置一經觸動，整個酒店的燈就會亮起來，警鈴系統也會隨即啓動。

此外，上校所申請的那幾家保險公司則要求上校必須雇用三名由保險公司派出的安全人員，夜間會將他們安排在酒店一樓看守。幾家保險公司挑選了三位資深的退休警探，他們行事可靠，經驗豐富，而且對羅蘋恨之入骨。

至於僕人們，都跟上校很熟，他可以擔保他們沒問題。

防範措施一切就緒，酒店的防衛可以稱得上固若金湯，上校特地舉辦了隆重的落成儀式，宴請他經常出入的兩個圈子裡的名流、若干名女士、記者、藝術愛好者和藝術評論家。

剛穿過花園柵欄，人們就覺得似乎進入了一座監獄，三名警衛守在樓梯下方，要求來賓出示邀請函，用狐疑的目光上下打量著你，據說他們還要搜身或者留取指紋。

上校在二樓接待來賓，笑著說抱歉，自豪地向大家解釋他爲這些掛毯所設想的安全設施。他的妻子站在他身旁，年輕優雅、魅力動人，她一頭金髮，膚色蒼白、楚楚動人，看上去溫柔而憂鬱，有種任由命運擺佈的柔弱感。

所有的客人到齊後，花園的柵欄門和前廳的大門便關上了。人們穿過雙層防盜門，進入中央畫廊，畫廊的所有窗戶都安裝了巨型百葉窗，外面還由鐵欄杆圍著，畫廊裡掛著那十二幅掛毯。

這些藝術品是無價之寶，靈感源自於瑪蒂爾德女王的拜約掛毯①，繡製的是征服英格蘭的歷史場面。這批掛毯由一名軍人的後裔於十六世紀訂做，這名軍人曾陪伴在征服者威廉左右。它們出自阿拉斯著名的織工熱昂・戈塞特之手，四百年後在布列塔尼一個古老的莊園裡被人發現。得知這一消息，上校以五萬法郎搶購到這批掛毯，而它們絕對值二十倍這個價錢。

這十二幅掛毯中最美最別緻的一幅正是曾被羅蘋盜去而現在又被重新找回來的那幅。儘管這幅的主題與瑪蒂爾德女王的不同，它上面繡的是有著天鵝般修長頸項的伊蒂絲在哈斯丁家族的死屍堆裡尋找她的愛人——撒克遜最後一任國王哈洛德的屍體的場景。

站在掛毯前，面對逼眞的圖像、淺淺的色彩、栩栩如生的人物和畫面中駭人的憂鬱，所有的賓客都爲之傾倒。有著天鵝般修長頸項的伊蒂絲，這位不幸的王后，彎著腰，像一株過於沉重的百合花。她的白裙勾勒出她疲倦的身體。她修長的雙手做出驚恐和祈求的手勢。沒有什麼能比她的側臉更讓人動容，那是一張帶著最憂鬱、最絕望微笑的臉。

「令人心碎的微笑。」一名評論家道，人們尊敬地聽他評論，「充滿魅力的微笑，上校，這讓我想到斯巴芒多夫人的微笑。」

他的評論得到一致認可，他繼續道：

「還有其他讓我很驚訝的相似點，比如說優美的頸部線條，細緻的雙手……還有側影和慣常體態中的某種東西。」

「確實如此。」上校接著說，「也正是這種相似之處讓我決定買這套掛毯。另外還有一個原因，這確實是令人難以置信的巧合，我的妻子也叫伊蒂絲……我一直叫她做天鵝頸伊蒂絲。」

上校笑著繼續說道：

「我希望這些相似到此爲止，我親愛的伊蒂絲不需要像故事中的可憐的女子，尋找她愛人的屍體。感謝上帝我還活著，我也不想死，除非這些掛毯不翼而飛……那樣的話，天哪，我絕對難以承受這樣的打擊。」

他笑著說了這些話，然而別人卻沒有笑，接下來幾天所有關於那天晚上的各種版本的描述中，一致提到這個令人尷尬和沉默的局面，賓客們不知道接著該說些什麼。

有人想開玩笑：

「你不叫哈洛德吧，上校？」

「我發誓，絕對不是。」上校答道，他的戲謔並未停止，「不，我不叫這個名字，而且我和撒克遜國王沒有任何相似之處。」

事後，所有人都一致肯定，上校話音剛落，從窗戶那邊驟然響起急促的警鈴聲（難以確定是右邊還是中間的窗戶，這一點眾說紛紜）。緊接著斯巴芒多夫人發出一聲尖叫，緊緊地挽住她丈夫的手臂。上校驚呼：

「怎麼回事？這到底怎麼回事？」

賓客們呆立在那兒，望著窗戶。上校又說：

「到底怎麼回事？我不懂，除了我之外沒有人知道警鈴的位置……」

與此同時（關於這個時間，在場的人達成共識），當時大廳裡突然陷入一片漆黑，警鈴大作，鈴聲迴蕩在酒店裡裡外外各個大廳和房間，震人心魄。

幾秒鐘內，大廳裡驚恐的人們亂作一團。女人們大聲尖叫，男人們用拳頭砸著緊鎖的門。人們互相推擠，有人摔倒了，有人被踩到了，那種驚慌失措堪比面臨火災或是炮彈爆炸時的驚恐場面。吵雜之中，上校大聲喊道：

「請安靜！……不要走動！……我保證大家的安全！……電源就在那裡……那邊的角落裡……瞧……」

上校的確在人群中闢開一條路，摸到電源所在的角落，頓時，燈光重新亮了起來，警鈴聲不再作響。

在驟然來臨的光明中，離奇的一幕出現了。兩名女士暈倒在地，斯巴芒多夫人拉著丈夫的手臂，跪倒在地，面無血色。男人們臉色蒼白，領帶鬆散，好像剛打完仗一樣。

「掛毯還在！」有人叫道。

人們很驚訝，似乎只有掛毯丟失才是對剛才的意外事件唯一合理的解釋。然而一切原封未動，其他幾幅價格不菲的畫，也依然掛在那裡。雖然剛剛酒店內一片漆黑，吵雜萬分，但三個警衛沒有看到任何人進入或試圖潛入酒店……

「而且。」上校說，「畫廊的窗戶上裝有警報系統，只有我自己知道哪裡安裝了設備，我沒有碰過警報系統。」

人們大聲嘲笑警報失靈，卻都笑得很心虛，而且笑中也帶著些許羞赧，因爲剛才的杯弓蛇影和自己的慌亂舉動，人們都想匆匆離開這個籠罩著不安和惶恐的是非之地。

最後只剩下兩名記者，上校撫慰了伊蒂絲並把她交給侍女照顧之後，他就和這兩名記者以及三位警衛展開了調查，卻沒有發現任何蛛絲馬跡。而後上校開了一瓶香檳酒，此時已是深夜，確切說是午夜兩點四十五分，兩名記者告辭，上校回房，而警衛們也回到一樓專設給他們的房間裡。

他們輪流執勤，執勤的人要保持清醒，任務是在花園和畫廊巡邏。

這項命令一直被嚴格執行，直到凌晨五點到七點鐘，睡意漸濃，偵探們便沒有再去巡邏。不過，外面天都亮了，再小的警鈴聲也會把他們吵醒。

然而，七點二十分，一名警衛打開畫廊的門，拉起百葉窗，他發現十二幅掛毯不翼而飛。

事後，人們都指責這名退休警探和他的同事沒有儘快報警，而在通知上校和打電話給警局之前自行展開調查，這樣的延誤報警，即使是情有可原，但是否仍對警方的調查造成防礙呢？

不管這到底是出於何種原因，直到八點半，上校才被告知掛毯失竊。那時，他剛穿戴整齊準備出門，這個消息似乎沒有讓他太過震驚，或者，至少他控制住自己的情緒。然而所有的努力掩飾終是徒勞，最終他支持不住，突然癱坐在椅子上，陷入痛苦的絕望中，這種絕望在他這種看上去如此堅毅的男人身上很難以察覺。

恢復鎮定後，他走進畫廊，呆呆地看著空空如也的牆壁，坐在桌旁草草寫了封信，然後裝進信封封好。

「拿著。」他說，「我得趕去赴個急約……這是寫給警方負責的警探的信。」

看到幾名警衛還在看著他，於是他又說：

「這是我寫給負責的警探的……我有個想法……他會明白的……而我，我要去了。」

他跑著出門，警衛們可以回想起他當時情緒激動的樣子。

幾分鐘後，警方派來負責的警探來了，人們把信交給他。信中寫道：

但願我摯愛的女人能原諒我將帶給她的悲痛，直至生命最後一刻，我依然會牽掛著她。

在這種瘋狂的狀態中，在讓人神經緊繃而又狂躁的一夜之後，上校跑去自殺了。他眞的有勇氣這樣做嗎？或者，在臨死之時他會恢復理智？

有人通知了上校夫人。

在人們進行調查，試圖找到有關上校的行蹤的過程中，她一直驚恐地等待著。

接近黃昏時，人們接到了從威爾德瓦海打來的一個電話。說在其附近的一個隧道口，鐵路工人發現了一具被火車碾得血肉模糊的男屍。面目已經無法辨認，口袋裡也沒有任何證件，但是體型特徵和上校相符。

晚上七點鐘，上校夫人乘車來到威爾德瓦海，她被帶到火車站的一個房間裡。當人們掀開蓋在屍體上的白布時，伊蒂絲，天鵝頸伊蒂絲，認出這是她丈夫的屍體。

在這種情況下，通常羅蘋都會難免遭到一片聲討。

「叫他當心點！」一個專欄作家諷刺道，他的看法與普遍的民意一致，「不該再發生類似這樣的事件使他失掉我們對他的好感，只有當羅蘋的行爲針對刁滑的銀行家、德國男爵，來路不明的外國闊佬、金融公司和股份公司時，他才會被大家認可，而且以往他從不殺人。但現在，這雙盜賊的手已經變成殺人犯的手，儘管他沒親手殺人，但至少他也得爲上校的死負責。他沾滿了血腥，他的名號已經被染成血紅色……」

伊蒂絲蒼白的面龐激起民眾深深的同情，對羅蘋的仇恨和討伐聲與日俱增。

那天晚上受邀的客人議論紛紛，他們知道當晚那些令人印象深刻的細節，很快便開始流傳關於這位金髮的英國女人的不幸傳說，傳說延續了眾所周知的天鵝頸王后的悲慘性。

然而人們不得不爲高明的行竊手段嘖嘖叫絕。緊接著，警方作出如下解釋：三名警衛一開始就觀察到，之後也證實了畫廊三扇窗中的一扇是敞開著的，羅蘋和他的同夥們是從這扇開著的窗進去的。

這種猜測聽起來合情合理，但是，他們怎麼辦到的呢？一、翻過花園的柵欄，進進出出，居然沒被任何人發覺？二、穿過花園把梯子架在花壇上，卻沒留下任何痕跡？三、打開百葉窗和門窗，而警鈴沒響酒店的燈也沒亮？

公眾把矛頭指向三名警衛，檢察官對他們進行了長時間的審訊，對他們的私生活展開了詳細的調查，最終宣佈他們沒有任何作案嫌疑。

至於掛毯，沒有任何跡象顯示警方能追回它們。

正在此時警探葛尼瑪從遙遠的印度回來了，在那裡發生了王冠事件②，嫌疑人宋妮雅・克許諾夫失蹤後，根據羅蘋以前同夥們供出的一系列鐵證，他一路尾隨羅蘋。而現在警探斷定自己又一次上了死對頭的當，羅蘋使了調虎離山之計，把自己誘到遠東，卻趁機作案盜走掛毯，他向上司請了兩週假，來到上校夫人家，承諾替他丈夫報仇。

而伊蒂絲認爲報仇不能絲毫減輕折磨人的痛苦，上校下葬的當天晚上，她便解雇了三名警衛，取而代之的是一名男僕和一位年老的女清潔工。見到之前的那批人會殘酷地讓她想起過去。她對任何事都漠不關心，把自己鎖在房間裡，任憑葛尼瑪警探隨心所欲調查。

警探便住在一樓，隨即展開了最爲細微的調查，他重新檢查，在巷弄裡瞭解資訊，研究酒店的佈局，把每個警鈴都啓動了二三十遍。

兩個星期以後，他請求延長假期，警察局長帝杜伊來看他，正好撞見警探在畫廊裡，攀在一架梯子頂部。

那天，警探表示他的調查一無所獲。

然而第三天，帝杜伊局長再次來到上校夫人的住所時，發現葛尼瑪憂心忡忡，面前攤著一大堆報紙。最後，經不住局長一再詢問，警探低聲說：

「我什麼也不知道，局長，眞的什麼也不知道，但是有一種奇怪的想法縈繞著我……只是，這太瘋狂了！而且也解釋不通……反倒把事情全攪亂了……」

「所以？」

「所以，局長，請你再多一點耐心……讓我繼續調查。如果哪天你突然接到我的電話，請你務必儘快來找我……那時就到揭曉謎底的時刻了。」

 191

又過了四十八個小時。一天清晨，帝杜伊先生收到一封電報：

我去里爾。

葛尼瑪

「太奇怪了，」局長心想，「他去那做什麼？」

直到晚上依舊沒有任何消息，接著又過了一天。

然而帝杜伊局長有把握，他瞭解他的愛將葛尼瑪，明白這位經驗豐富的警探絕不是毫無理智、容易衝動的人。如果葛尼瑪行動，那說明他有值得行動的理由。

的確，就在第二天晚上，帝杜伊局長接到了一通電話。

「局長，是你嗎？」

「葛尼瑪，是你嗎？」

兩人都很謹慎，相互確認了彼此的身份。放下心來，葛尼瑪急忙接著說：

「我需要十個人，局長，要請你親自出馬。」

「你在哪？」

「在上校夫人的住所裡，一樓，但我會在花園的柵欄後面等你。」

「我馬上到，開車可以嗎？」

「好的，局長，把車停在百公尺之外，用走的過來，到之後輕輕吹聲口哨，我就來開門。」

行動按葛尼瑪的吩咐進行，將近午夜，一樓以上的樓層的燈都熄了。葛尼瑪悄悄溜到花園外，來到帝杜伊局長面前。他們快速進行了密談，員警們會聽從葛尼瑪的指令，然後局長和警探一起走進上校的房子，悄無聲息地穿過花園，萬分謹慎。

「到底怎麼回事？」帝杜伊局長問道，「這是在幹什麼呢？真的，我們看起來像在搞陰謀。」

但葛尼瑪沒有笑，他的上司從沒見過他如此激動，從沒看到他如此慌亂。

「你到底發現了什麼，葛尼瑪？」

「是，局長，這次，真的讓我難以置信……但我沒有搞錯。我掌握了全部真相……它聽起來是那麼荒謬，但這的的確確是事實……沒有別的可能……就是這樣沒錯。」

他擦了擦額頭上淌著的汗珠，帝杜伊局長繼續追問，他鎮定下來，喝了杯水，開始說：

「羅蘋經常耍我……」

「快說，葛尼瑪！」帝杜伊局長打斷他說，「可以直接說重點嗎？一句話，怎麼回事？」

「不，局長，」警探反駁道，「你應該瞭解我經歷過的這幾個不同階段，我覺得這不能跳過，請你原諒。」

他重複道：

「我說，局長，羅蘋經常耍我，常讓我難堪。在跟他的對抗中，我一直處於下風……但追他那麼久……我至少見慣了他的招數，瞭解他的作案模式。因此，就掛毯失竊案來說，我很快就向自己提出兩個問題：一、羅蘋從不做不留後路的事，他應該會預料到斯巴芒多先生可能會因爲地毯的失竊而自殺。但是，從不殺人的羅蘋，卻還是盜走了掛毯。」

「因爲掛毯價値五十或六十萬法郎。」帝杜伊局長提醒道。

「不，局長，我再說一遍，雖然機會千載難逢，但是羅蘋不可能殺人，也不可能會想導致別人自殺，這是第一點。」

「二、爲什麼在掛毯失竊的那天晚上，酒店會出現熄燈的混亂？顯然是爲了製造恐怖氣氛，不是嗎？爲了在幾分鐘內將事件籠罩在不安和惶恐的氛圍中，以及爲了將懷疑從眞相中引開，如果沒有這場混亂的話，大家可能就會對眞實性產生懷疑……你明白嗎，局長？」

「說眞的，完全沒明白。」

「的確……」葛尼瑪說，「這的確很難了解，就連我自己，在向自己提出這些問題時，也依舊不是很清楚……但是，我覺得找對了方向……羅蘋想轉移嫌疑，把嫌疑轉移到自己身上，另一個人就不會被懷疑。所以我們得知，有一個他不想讓我們察覺到的同夥存在。」

「有同夥？」帝杜伊局長說，「一個混在賓客之中，按響警鈴，在眾賓客離開後藏身酒店的同夥？」

「看吧……看吧……你也覺得有意思了，局長。可以確定的是掛毯肯定不是被偷偷溜進酒店的小偷偷走的，而是由待在酒店的某個人偷走的。透過調查當時進來的每個賓客名單就可以確定……」

「是嗎？」

「是的，局長，但是……有個但是，從賓客來到賓客離去，整個過程中三名警衛手中都一直有名單在確認身分。來時有六十三名客人，走時仍是六十三名。所以……」

「難道是僕人？」

「不是。」

「那是警衛？」

「不是。」

「但是……但是……」局長不耐煩地說，「如果是內部人員偷的話……」

「這點可以肯定。」警探斷言，他似乎越來越興奮，「在這點上，可以毫不猶豫地下結論。我所有的調查都可以肯定這一點，我的信心一點點地增長。直到有一天，我終於發現這個令人驚愕的結論，無論是從理論還是從事實來看，盜竊都不可能是由住在酒店的同夥協助下完成的，因此根本沒有同夥。」

「這太荒謬了，你在自相矛盾。」帝杜伊局長說。

「的確矛盾。」葛尼瑪說，「但是在我自相矛盾的那一刻，眞相也突然浮現。」

「啊？」

「噢！眞相著實隱祕，雖然線索不完整，但也足夠了。有了這條線索，我才繼續推導最後。明白了嗎，局長？」

帝杜伊局長繼續沉默，之前發生在葛尼瑪身上的那一幕也發生在他身上。他低語道：

「如果不是任何一位賓客，不是僕人，不是警衛，就沒有別人了……」

「不，局長，還有人呢……」

杜布耶先生像遭到打擊似的哆嗦了一下，說話聲中洩露出他的激動：

「噢！不，仔細想想，這不可能。」

「爲什麼？」

「你想想……」

「說啊，局長……把你剛想到的說出來。」

「什麼！……那是不可能的，不是嗎？」

「說出來看看，局長。」

「不可能！斯巴芒多上校是羅蘋的同夥？」

葛尼瑪冷笑道：

「完全正確……亞森・羅蘋的同夥……如此一來一切都解釋得通了。當夜裡三位警衛在樓下執勤時，因爲斯巴芒多上校別有用心，給他們喝了加了藥的香檳。等到他們睡著後，上校取下掛毯，把它們從自己房間的窗戶拿出去。他的房間在二樓，窗戶面對著杜佛爾諾大街，因爲一、二樓的窗戶都已經被封死的關係，沒人想到要在這邊看守。」

帝杜伊局長想了想，聳了聳肩，說：

「難以接受！」

「爲什麼？」

「爲什麼？因爲如果上校是羅蘋的同夥，他成功之後就不該自殺。」

「誰告訴你他自殺了？」

「怎麼？可是人們找到了他的屍體。」

「我跟你說過，羅蘋是不會犯下命案的。」

「但是屍體是眞的，而且，屍體經過斯巴芒多夫人證實。」

「我知道你會這麼想，局長。我也是，這個理由當時也把我給搞糊塗了。然而突然間，我想到面對的犯人不是一個人，而是三個：第一位是盜竊犯亞森・羅蘋；第二位是他的同夥斯巴芒多上校；第三位則是一名死者。這線索太豐富了，天哪！已經沒有謎題了！」

葛尼瑪拎來一捆報紙，解開後從中拿出一張給帝杜伊局長看。

「你還記得嗎，局長……之前你來的時候，我正在翻閱這些報紙……我在查看最近有沒有什麼意外事故和你說的案件有關聯，並且還能證實我的假設，請你看看這則消息。」

帝杜伊局長拿過報紙，大聲讀道：

「我社駐里爾的記者報導了一起離奇事件。昨天上午，人們發現里爾的停屍間丟失了一具男屍，死者是前一天被火車碾死的，身份不明……這件屍體失竊案引發種種猜測。」

帝杜伊局長繼續沉思著，然後問道：

「那麼……你認爲？」

「我去過里爾。」葛尼瑪回答道，「我調查得一清二楚，就在斯巴芒多上校舉辦慶功宴的當天晚上，屍體被偷走，用一輛汽車直接運到威爾德瓦海，這輛車在鐵路線附近一直停到晚上。」

「也就是。」局長接著說，「隧道附近。」

「就在旁邊，局長。」

「所以人們發現的屍體就是那一具屍體，只是穿著斯巴芒多上校的衣服。」

「完全正確，局長。」

「那麼斯巴芒多上校還活著？」

「就跟你我一樣，局長。」

「但是，爲什麼要做這些事情？爲什麼一開始一幅掛毯被偷，接著又被找回，然後又被偷了十二幅？爲什麼舉辦那個宴會？爲什麼要這麼花功夫？最後他得到了什麼？你的推論站不住腳，葛尼瑪。」

「局長，故事站不住腳，是因爲你和我一樣卡在半路，因爲這個案子這麼離奇，必須要再往前推導，再朝著難以置信、令人吃驚的眞相挖去。爲什麼不呢？既然這件案件跟羅蘋有關，而我們從他那裡學來的不正好往往都是難以置信、令人吃驚的事情嗎？所以我們不就正好應該朝著最瘋狂的假設去想嗎？我說最瘋狂，這個詞並不準確。相反的，所有這些推論都在可以接受的邏輯範圍內，也很幼稚簡單。同夥只會欺騙背叛，有什麼用？他既然有如此高明的身手，爲何不自己行動，用自己的雙手，用自己的方法去完成每個步驟！」

「你說什麼？……你說什麼？……」帝杜伊局長一字一句地說，每讚嘆完一次他都更加地驚愕。

葛尼瑪又笑了笑。

「這讓你很吃驚，不是嗎，局長？就像那天你到這裡來看我時的我一樣，那時我也剛好想到這點，我嚇呆了，但是我還是實踐了我的想法。我知道他有能力做任何事情……但是，這件案子實在太令人震驚了！」

「不可能！不可能！」帝杜伊局長低聲重複地說。

「不，很有可能，局長，而且很符合邏輯，很正常，就像聖父、聖子、聖靈的奧祕一樣清楚。

這是一個傢伙的三位一體！一個小孩，只要用簡單的減法，用一分鐘就可以解決這個問題。減去死者，我們剩下斯巴芒多和羅蘋。減去斯巴芒多……」

「我們只剩下羅蘋。」局長輕聲說。

「是的，局長，就剩下一個羅蘋，羅浮宮的羅，蘋果的蘋，兩個字，一個名字。脫掉巴西人裝束的羅蘋、死而復活的羅蘋，六個月來，裝扮成斯巴芒多上校的羅蘋，他到英國旅行，得知發現了十二幅掛毯，買來後，策劃了最絕妙的盜竊案，這都是爲了將大家的注意力集中在他——羅蘋身上，而從他——斯巴芒多身上移開，他就可以在大爲震驚的公眾面前演出一起轟動的羅蘋和斯巴芒多的決鬥。他舉辦了宴會，讓賓客們受驚，然後羅蘋偷走斯巴芒多的掛毯，斯巴芒多成了羅蘋的受害者，當這一切準備好後，他決定消失，毫不引人懷疑地自殺，讓朋友們爲之傷心，眾人爲之嘆息，而他身後所留下的，能拿走整個事件好處的……」

這時，葛尼瑪停下來，看著局長，用一種強調他所說話的語氣，說道：

「他身後留下的是一位悲痛萬分的寡婦。」

「斯巴芒多夫人！你眞的認爲……」

「當然囉。」警探說，「像這樣的案子，沒有找到源頭……實際的好處，就絕對不可能發現整件事情的眞相。」

「但是好處，我看也就是羅蘋之後把掛毯賣到……美洲或其他地方。」

「我同意，但是如果要賣，斯巴芒多上校也能好好地賣掉，甚至賣得更好，所以這裡另有隱情。」

「隱情？」

「局長，你看，你忘了斯巴芒多上校是一起重大失竊案的受害者，即使他死了，但他夫人還在世。所以，他夫人會得到好處。」

「誰得到什麼好處？」

「怎麼，什麼好處？就是別人欠他的……保險理賠金。」

帝杜伊局長驚呆了，他一下子明白了整件事情的眞相。他低聲說：

「沒錯……沒錯……上校給掛毯買了保險……」

「哎呀！而且還不是小數目。」

「多少？」

「八十萬法郎。」

「八十萬法郎！」

「就像我跟你說的，跟五個不同的保險公司保的。」

「那斯巴芒多夫人提取保險金了嗎？」

「趁我不在的時候，昨天她提了十萬法郎，今天她提了二十萬法郎，這個星期其他的理賠金也

 201

會陸續支付。」

「但這太可怕了！早就該……」

「什麼，局長？首先，他們趁我不在時才提取現金。我還是在回來時，偶然碰到一位我認識的保險公司經理，和他攀談之後我才得知這個消息。」

局長沉默了很久，完全愕然，接著他嘀咕道：

「多可怕的人啊！」

葛尼瑪點點頭。

「是的，局長，一個壞蛋，但是得承認，他是個精明的人。要想計畫成功，他必須準備周詳，要在四五個星期之內，不讓任何人對斯巴芒多上校產生或是察覺出一絲懷疑。必須要讓所有人的怒火和整個調查都集中在羅蘋身上。最後一步，只要這個悲痛、令人同情的寡婦，這個可憐的一臉慈悲、神聖的天鵝頸伊蒂絲出現在人們面前，如此的觸動人心，不管什麼東西，只要能減輕她的痛苦，保險公司的那些先生們幾乎都會高興地把錢交到她手上。」

兩個人站得很近，互相看著。

局長說：

「這個女人是誰？」

「宋妮雅・克許諾夫。」

「宋妮雅・克許諾夫？」

「是的，我去年在王冠一案中抓捕的那個俄羅斯女人，羅蘋幫她逃走了。」

「你確定嗎？」

「完全確定。我一開始也像大家一樣，被羅蘋的詭計欺騙，完全沒有注意到她。但是，當我知道她在其中扮演的角色之後，我就想到了。就是宋妮雅假扮成英國女人……這個宋妮雅，深愛著羅蘋，她甘心爲他而死。」

帝杜伊局長稱讚道：

「幹得好，葛尼瑪。」

「我還有更好的東西給你，局長。」

「啊！還有什麼？」

「羅蘋的老奶媽。」

「維克朵娃？」

「當斯巴芒多夫人裝成寡婦的時候，她就在這裡，她是廚娘。」

「哦！哦！」帝杜伊局長道，「恭喜你，葛尼瑪。」

「我還有更好的東西給你，局長。」

帝杜伊局長跳了起來，警探的手抓住他顫抖的手。

「你還想說什麼，葛尼瑪？」

「你想想，局長，如果只是跟她有關的話，我怎麼可能會在這個時間打擾你？宋妮雅和維克朵娃。啐！她們還不夠資格。」

「那？」終於明白了警探激動地原因的帝杜伊局長說道。

「你猜到了，局長？」

「他在那裡？」

「他在那裡。」

「藏起來了？」

「完全沒躲躲藏藏，只是偽裝了一下，是那個僕人。」

這次，帝杜伊局長沒有動一下，也一句話沒說，羅蘋如此大膽讓他感到迷惑。

葛尼瑪嘲笑道：

「他扮演的是第四個角色，天鵝頸伊蒂絲可能會做些蠢事，必須有主人在場，因此他得再回來。三個星期以來，他都參與了我的調查並在暗中監視進展。」

「你認出他了嗎？」

「沒人認得出羅蘋，他的化妝和易容術讓人完全認不出他來。再說我也完全沒想到……但今天晚上，就在我暗中監視宋妮雅的時候，我聽到維克朵娃對僕人說話時稱呼他『我的寶貝』。我的腦中靈光一現，『我的寶貝』，她一直都這麼叫他，我便確定了。」

這次，帝杜伊局長看上去依然很震驚，這個他們一直在追捕卻又一直抓不到的敵人就在眼前。

「我們要抓住他，這次……我們一定要抓住他。」他壓低嗓子說，「我們不能再讓他逃脫。」

「是的，不會再放過他，還有那兩位女士……」

「他們在哪裡？」

「宋妮雅和維克朵娃在三樓，羅蘋在四樓。」

「等等。」帝杜伊局長突然擔憂地說，「掛毯不見的時候，是不是正是從這個方向的房間窗戶弄出去的？」

「是的。」

「這樣的話，羅蘋也能從那裡出去，因爲那些窗戶都朝向杜佛爾諾大街。」

「當然，局長，但是我已經採取了預防措施。你來了之後，我已經派了我的四名手下到杜佛爾諾大街的窗戶下待命了。我也已經下達了正式的命令：一旦有人出現在窗戶旁邊，像是要從上面下來，就馬上開槍。第一槍先放空槍，第二槍就是眞槍實彈。」

「好吧，葛尼瑪，你已經想好了一切，那麼，我們一等到早上……」

「等等，局長！抓這個混蛋你還要講究禮貌！遵守這些規矩、時間和所有蠢事！如果這個期間他要我們呢？如果他又要羅蘋式的花招呢？啊！不，不要開玩笑了。馬上，我們馬上衝上去抓住他。」

葛尼瑪異常憤慨，不耐煩地激動地跑出去，穿過花園，叫進來六個人。

「好了，局長！我已經下了命令，讓杜佛爾諾街上的手下緊握著槍，仔細盯著窗戶。我們走吧！」

這時樓上有一些走動的聲音，很可能是旅館的客人們發出的聲音，帝杜伊局長摩拳擦掌，躍躍欲試。

「我們走！」

行動很迅速。

一共八個人，手裡都拿著勃朗寧手槍，他們並沒有特別小心翼翼地上樓，他們急於在羅蘋有時間組織反擊之前抓住他。

「把門撞開！」葛尼瑪喊道，衝向斯巴芒多夫人居住的臥室房門。

一個警員用肩膀一撞，把門撞開。

房裡沒有人，而維克朵娃的房裡也一個人都沒有。

「她們在樓上！」葛尼瑪喊道，「她們和羅蘋在閣樓裡。注意！」

所有的八個人，都三步並兩步衝上四樓。葛尼瑪非常吃驚地發現閣樓的門開著，裡面一個人都沒有。所有其他房間也都沒人。

「該死！」他大聲說，「他們跑哪去了？」

局長在喊他，他剛從三樓下來，發現其中一扇窗戶完全沒關上，大大方方地敞開著。

「瞧！」他對葛尼瑪說，「看他們逃跑走的路，就是運走掛毯的路，我跟你說過……杜佛爾諾大街。」

「如果是那裡，我們的人早開槍了。」葛尼瑪反駁道，他氣得幾乎發狂，「路已經監控起來了。」

「局長，我給你打電話時，他們三個都在房間裡！」

「當你在花園角落裡等我的時候他們已經先走了。」

「但爲什麼？爲什麼？他們沒有理由今天就走啊，他們應該明天才會動身，或者下個星期，等拿到所有的保險金後……」

有，有一個理由，葛尼瑪看到桌上有一封寫著他名字的信，當他把信打開看完之後，他知道是什麼理由了。表述這個理由的措辭就像主人給僕人寫的推薦信一樣：

本人亞森・羅蘋、怪盜紳士、前上校、前僕人、前死者，表彰葛尼瑪在掛毯一案調查期間表現出最值得稱道的能力。他的言行堪爲模範，全心全意、認眞負責，在沒有任何疑點的情況下，仍舊破解了我一部分計畫，挽救了保險公司四十萬法郎的損失。在此我恭喜他，也很樂意

207

責備其沒有提前預料到他房裡的電話和宋妮雅・克許諾夫房裡安裝的電話相通，他給警察局長打電話也就是同時在給我打電話，告訴我盡快逃走。但這個輕微的過失完全不會抹殺他這次所展現的光芒，也不會抹殺他這次勝利的功勞。

無論如何，懇請他接受我充滿敬意的問候和真摯的同情。

亞森・羅蘋

譯註：

①拜約掛毯（Bayeux Tapestry）：創作於十一世紀，由羊毛線和亞麻線平紋編織而成。它是一幅以歷史戰爭為題材的人物畫掛毯，描述了整個黑斯廷斯戰役的前後過程，為歐洲現存最古老的掛毯。

②關於此事件請參見亞森・羅蘋冒險系列之四《奇巖城》。

麥稈

這天下午四點，黃昏將近，古索先生和他的四個兒子打獵回來。這是五個粗獷高大的漢子，長長的腿，結實的胸膛，歷經日曬雨淋的臉龐顯得黝黑發亮。

這五個人都穿著鬆鬆垮垮衣領的衣服，他們的腦袋都很小，同樣窄窄的額頭，薄薄的嘴唇，和鳥嘴似的鷹鉤鼻。他們看起來是那麼冷酷，一點都不友善。周圍的人都害怕和他們在一起，因爲他們惟利是圖、個性奸詐，總是對別人不懷好意。

來到環繞伊貝爾農場的圍牆前，古索先生打開了一扇又窄又重的門，等他的兒子們相繼進去之後，他又把沉甸甸的鑰匙揣進了口袋裡。他沿著穿過果園的那條路走在兒子們身後。沿途是被秋風吹得葉子掉滿地的大樹，然後是一片松樹林及老公園的遺址，現在則已經變成古索先生的農場。

一個兒子說道：

「但願母親已經生了火！」

「當然，」父親說道，「你看，那兒冒煙了。」

在草坪的盡頭是馬廄等附屬建築和主建築，再往上可以看到村裡的教堂，教堂的鐘樓高的似乎會把天上的雲朵戳開。

「槍的子彈卸了沒有？」古索先生問到。

「我的還沒有，」大兒子說道，「我只開了一槍就把一隻雄雀鷹的腦袋打碎……然後……」

他炫耀著自己的槍法精準，接著他對他的弟弟們說道：

「看那棵櫻桃樹上有一根小樹枝，我一槍打下來給你們看。」

這根小樹枝上綁了一個稻草人，春天的時候就放在那兒了，這個稻草人用雙臂死死地護著那些光禿禿的樹枝。

他瞄準，射擊。

那個假人翻了幾個滑稽的大跟頭後摔了下來，掉在了下面的大樹幹上，就那樣直挺挺地趴著。毛線做的頭部梳理地整整齊齊，上面還戴著一頂寬大的帽子，用乾草做的腿在那兒左右晃著。下面，在櫻桃樹旁邊，一汪泉水緩緩的流淌著，流進了水槽。

大家都笑了，父親拍著手。

「好槍法，我的兒子，這樣很好，我早就討厭這個稻草人了。我吃飯的時候，都不想把我的眼睛從盤子上挪開，要不然就會看到這個傻瓜……」

他們又往前走了幾步，離家還有二十多公尺的時候，父親突然停住說道：

「嘿！這出什麼事了？」

兄弟們也停住了腳步，仔細聽著。

其中一個喃喃自語道：

「是從家裡……洗衣房旁邊傳出來的……」

另外一個結結巴巴的說道：

「是呻吟聲……母親一個人在家！」

突然傳出一聲恐怖的喊叫聲，這五個男人立馬衝了過去，又傳來一聲尖叫，緊接著是絕望的呼救。

「我們來了！我們來了！」跑在前面的大兒子大聲喊道。

因爲必須要轉個彎，才能到門口，所以他便一拳下去把窗戶打碎，跳進父母親的臥室裡。旁邊的那間屋子是洗衣房，古索夫人經常待在那裡。

「啊！天哪！」他看到他母親躺在地上，臉上都是血，說道：「爸爸！爸爸！」

「怎麼啦！她在哪？」古索先生也趕到了，著急的問道，「啊！天哪，這怎麼可能？誰做的？

孩子他媽？」

她用力挺直身體，伸開手臂，斷斷續續地說：

「快去追他！那邊！……那邊！……我沒什麼，就是被抓傷了……趕緊追！他把錢搶走了！」

丈夫和兒子們跳了起來。

「他把錢搶走了！」古索先生大聲喊道，朝著他妻子指的那個門衝了過去，「……他把錢搶走了！抓小偷！」

在走廊的另一個頭，傳來一陣吵雜聲，他的另外三個兒子也趕來了。

「我看到他了！我看到他了！」

「我也看到他了！他上樓了。」

「不，他在那兒，他又下去了！」

來來回回的追趕讓地板都晃了起來。站在走廊盡頭的古索先生突然發現一個人正站在前廳的門前，並企圖把它給弄開。如果他得逞的話，就能逃之夭夭了，他可以穿過教堂廣場和鎮上的小路跑掉。

這個人正忙著開門，被古索先生嚇了一跳，不知所措，慌亂中他向古索先生衝了過來，撞得古索先生就像陀螺一樣轉了起來。他躲過大兒子還有後面跟來的另外幾個弟兄，又跑回了走廊。他上了樓，進入了臥室，從已經砸破的窗子跳了出去，就這樣跑進了農場。

古索兄弟們緊追著他，跟著他跑過了夜色籠罩下的草坪和果園。

「他完了，這個混蛋。」古索先生冷笑著，「他是逃不出去的，農場周圍的牆那麼高。他完了！啊！惡棍！」

當古索先生的兩個雇工從鎮上回來時，他把發生的一切都告訴他們，並把槍遞給他們。

「如果那個無賴敢再靠近這個房子，就把他的皮給扒了，不要客氣！」

他給他們安排了各自的崗位，並且確認馬車往來的大柵門已經鎖好，之後，他想到他的妻子可能會需要幫忙。

「好點了嗎，孩子他媽？」

「他在哪？抓住他了嗎？」她立刻問道。

「是的，大家都在農場上，孩子們應該已經把他抓住了。」

古索先生的這句話讓她放下心來，她喝了點朗姆酒後恢復了些體力，在古索先生的幫助下，在床上躺下來，開始講述事情的經過。

事情的經過很簡單，她在大廳生完爐火後，坐在臥室窗邊安安靜靜的織著毛衣，等著丈夫和兒子們回來。就在這時，她似乎聽到旁邊的洗衣房裡有微微的聲響。

她心想：「可能是我放在那兒的小貓。」

她放心地走過去，卻吃驚地看到他們家藏著錢的衣櫃門開著。她依然毫無戒備的湊上前，看到一個男人躲在那裡，背對著光線。

「但是他是從哪進去的？」古索先生問道。

「從哪？我猜是從大廳過來的，我們從來不關那邊的門。」

「然後，他就朝妳撲了過來？」

「不，是我撲向他，他想逃跑。」

「那就應該讓他跑。」

「什麼？那錢呢！」

「反正他還沒拿到錢不是嗎？」

「他已經得手了！我看到他手裡有一疊鈔票，這個惡棍！我差點被殺了……啊！於是我們就打了起來。」

「他沒帶武器？」

「跟我一樣什麼都沒帶，但是他有指甲、牙齒。瞧，這裡，他咬了我。於是我就尖叫起來，開始喊人，而我都這麼老了……最後沒力氣只得放開他。」

「這個人妳認識嗎？」

「我想應該是泰納爾老頭。」

「那個乞丐？哦，混蛋！沒錯。」農場主人叫道，「是泰納爾老頭沒錯……難怪剛剛我就覺得好像看過他……還有，他在我們房子附近轉悠三天了。啊！這個老東西，他嗅到錢味了！泰納爾老頭，是得好好治治他了！首先得好好收拾他一頓，然後再送去警局！孩子他媽，妳現在起得來嗎？把鄰居們聚在一起。派人去警察局……對了，就讓公證人的小孩去吧，他家有自行車。可惡的泰納爾老頭，就讓他跑吧！啊！他這一大把年紀，還那麼能跑，眞是隻老兔子！」

古索先生想到泰納爾老頭將遭受的一切，樂得都直不起腰來。他有什麼好擔心的呢？沒有人會讓這個乞丐跑掉，他會得到他應得的嚴厲懲罰，他將被嚴密護送到城裡的監獄。

農場主人拿起槍去找他的那兩個雇工。

「有新的情況嗎？」

「沒有，古索先生，什麼也沒有。」

「他不會憑空消失的，除非魔鬼把他從高牆上帶走了。」

時不時地從遠處傳來他四個兒子的叫喊聲。顯然，那個傢伙還沒有束手就擒，他比他們所想的靈巧的多。不過，要面對像古索兄弟這樣的年輕小夥子……

之後，其中一個兒子耷拉個腦袋回來了，他直接說出了自己的想法。

「現在實在是沒必要再找了，天太黑了，那傢伙躲到某個洞裡去了，明天再找吧。」

「明天！我的孩子，你瘋了！」古索先生表示反對。

老大也氣喘吁吁的回來了，他和他兄弟意見一致。爲什麼不等到明天呢？既然那個強盜在農場高牆裡就像被關在監獄裡一樣。

「好吧，我自己去找，」古索先生喊道，「給我點盞燈。」

但就在這個時候，三個警察趕來了，還有很多鎮上的年輕人也聞訊前來。

警察局的隊長是個做事有條不紊的人，他先讓人把事情的來龍去脈仔仔細細的講了一遍，想了想後，又分別詢問了古索四兄弟，每個人陳述完後他又仔細思索著。當他得知這個乞丐跑到農場裡，又好幾次甩掉追他的人，最後在「烏鴉丘」這個地方不見時，他又思考了一下，最後說道：

「最好是再等等，天那麼黑，亂七八糟地追捕，泰納爾老頭很可能會趁亂混到我們中間……所以，大夥先去睡吧，晚安。」

農場主人聳了聳肩膀，低聲抱怨著，但也同意了隊長的決定。隊長開始安排人手，古索兄弟和村裡的人被安排在農場四周警戒，然後隊長確認了每個可以用來爬出高牆的梯子都已經收好，還把自己的指揮所就安排在飯廳裡，古索先生和他在那打著瞌睡，面前放著一瓶白酒。

夜裡很安靜，每隔兩個小時，隊長就會出去巡邏，並且讓擔任警戒的人輪班休息。一直沒有任何情況發生，泰納爾老頭沒有從他的洞裡出來。

一大早，大搜捕開始了。

這個大搜捕整整持續了四個小時。

在這四個小時裡，二十個人走遍了，甚至翻遍了五公頃的土地，他們用棍子拍打荊棘，在草叢裡來來回回行走，仔仔細細查看了每一個樹洞，也翻起了所有枯葉堆，但是還是沒有泰納爾老頭的蹤影。

「啊，好吧，這眞是難以置信。」古索先生嘀咕著。

「眞是令人搞不懂。」隊長回道。

這件事確實令人費解，因爲農場裡幾乎所有樹的葉子都掉光了，只剩下幾棵古老厚實的桂樹和衛矛，這些他們也都認眞的去拍打檢查過。而整個農場沒有其他建築物、倉庫、作坊，簡單說，根本沒有一個地方可以讓他藏身。

至於農場的圍牆，隊長在仔細檢查過後，也判斷要爬過去是不可能的。

到了下午，檢察官到場重新進行調查，但結果依舊一無所獲，這讓檢察官對案件的眞實性產生懷疑，他的態度漸漸差了起來，他忍不住問道：

「你確定嗎，古索先生？你和你的兒子們沒有眼花吧？」

「還有我的妻子，」古索先生氣的臉有點漲紅，大聲喊道，「當那個無賴掐著她脖子的時候，她也能看錯嗎？看看她脖子上那些痕跡！」

「或許吧，但那個無賴在哪呢？」

「在這裡，就在這個農場裡。」

「也許吧，那你就去找吧，我們放棄了。因爲很明顯，如果一個人眞的藏在這兒，我們早就發現他了。」

「好，我告訴你們，我會抓到他的，」古索先生大聲說道，「有人偷走了我六千法郎，這不是騙人的。沒錯，六千法郎！這是賣掉三頭奶牛、收割了麥子的收成，再加上賣蘋果的錢，我本來打算存進銀行的六千法郎。好吧，我以上帝的名義向你們發誓，我會把錢拿回來的。」

「那最好了，希望如此。」檢察官說完便走了，員警們也跟著離開。

鄰居們也紛紛帶著有點嘲弄的表情紛紛離開，午後，就剩下古索一家及農場裡的兩個僱工。

古索先生很快就說出他的計畫，白天繼續搜查，晚上不間斷的監視，泰納爾老頭能藏多久我們就能堅持多久。就這樣！泰納爾老頭和其他人一樣都是人，人需要吃，需要喝。當然，泰納爾老頭必須從躲藏的地方爬出來找吃的，找喝的。

古索先生說：「就算他能在自己懷裡放幾塊麵包，或者在夜裡，出來找些樹根啃。但是對於喝的，他就毫無辦法了，這裡只有這個水槽，如果他靠近的話，就馬上把他抓起來。」

他自己當天晚上就守在水槽旁，三小時後，他的大兒子過去替換他，其他兒子和僕人們在家裡休息，但是每個人都得輪流值班，以防萬一，所有的蠟燭和燈都點著。

就這樣一連十五個夜晚，每天都一樣，整整十五天，當那兩個農場工人和古索夫人站崗的時候，古索先生和他的四個兒子就查看著伊貝爾農場。

兩個禮拜下來，一點結果也沒有。

古索先生的氣一點都沒有消。

他請來了一名住在隔壁鎮上的退休警探。

這個退休警探在他家住了整整一個禮拜，不僅沒有找到泰納爾老頭，也沒給古索先生一點找到泰納爾的希望。

「眞是難以置信。」古索先生重複道。「他明明就在，那個乞丐！問題就在這，他就在這裡，但是……」

古索先生站在門檻邊，破口大罵道：

「白癡，你寧願躲在洞裡，也不把錢交出來？去死吧，混蛋！」

輪到古索夫人了，她用刺耳的尖嗓門叫道：

「你是不是怕進監獄啊？那把錢留下，你就可以滾啦。」

但是，泰納爾老頭沒有任何的回應，夫妻倆就這樣徒勞無功地叫罵著。

令人痛苦的日子一天天過去，古索先生總是氣得發抖，無法入睡，兒子們也個個變得暴躁易怒、互相爭吵，他們手不離槍，腦子裡只想著殺了這個老乞丐。

鎮上，人們一直談論這個事情，古索事件一開始只有地方上的人知道，但很快就上了報紙。接著從市裡來了很多記者，但古索先生都生氣的打發走他們。

「滾回去！」他對他們說，「管好你們自己的事，這是我的私事，跟其他人無關。」

「但是，古索先生……」

「不要煩我！」

那些記者們吃了古索先生的閉門羹。

到目前爲止，泰納爾老頭藏在伊貝爾農場已經有四個禮拜了。古索一家人還是堅定地尋找著，但他們的信心也隨著日子過去而漸漸消退，彷彿他們遇到了一個讓人喪失鬥志的神祕困難。他們心中漸漸產生了一種想法：也許他們再也找不回他們的錢了。

然而，一天早上將近六點鐘時，一輛汽車飛快的穿過鎭上廣場，突然因爲故障停了下來。修車師傅檢查過之後，說是要修好得花些時間，於是汽車的主人決定去旅館裡等著，順便在那吃午飯。

這位先生看上去還很年輕，留著短鬍鬚，面容和善，他很快就和旅館裡的人攀談了起來。自然，這裡的人給他講了古索一家的事。他只是路過此地，並不知道這件事，但他對此表現出很有興趣的樣子，他讓人將事情詳細的的經過說了一遍之後，說出了自己對這個事件不同的想法，還和同桌吃飯的幾個人談到了些自己的推測，最後，他大聲說道：

「啊！這件事沒有那麼複雜，我對這種事情有點研究，如果我在現場的話……」

「這簡單，」旅館老闆說道，「我認識古索先生，他不會拒絕你幫忙的……」

很快就得到了同意，古索先生現在已經不會那麼草草拒絕別人的干涉。而他的妻子則毫不猶豫，她說道：

「讓這位先生過來試試吧……」

這位先生付了飯錢後，讓修車師傅修好車子後就先在路上試開一下。

「我大概會花一個小時，」他對修車師傅說道，「不會更久了，一個小時後，請將車子準備好給我。」

然後他便去了古索先生家。

到了農場後，他幾乎都不說話。滿心充滿希望的古索先生，詳細地提供各種資訊，並領著這位來訪者沿著圍牆走著，一直走到那扇又窄又重的小門時，他掏出鑰匙將門打開，接著把他們所有搜查的經過詳盡地說了一遍。

奇怪的是，這個外地人完全不說話，古索先生的話他好像也沒聽進去多少，他只是心不在焉的到處看著。轉了一圈後，古索先生焦急地問道：

「怎麼樣？」

「什麼怎麼樣？」

「你知道了嗎？」

這個外地人沒有回答，過了一會才說道：

「不，什麼都不知道。」

「當然囉！」古索先生胳膊往上揮了揮，說道，「你能知道什麼呀？你只是在吹牛、虛張聲勢。你一定是想告訴我，好的，泰納爾老頭現在應該已經死在洞裡……而我的那些錢也和他一起在那腐爛了，這就是你要告訴我的。」

這位先生很平靜的說道：

「有一點我很感興趣，這個乞丐一到夜晚才能自由，他姑且還可以趁天黑找點東西吃，但是他要怎麼喝水呢？」

「他不可能喝得到水！」古索先生大喊道，「絕不可能！這裡只有這口水槽，而且每天晚上我們都會有人在水槽旁輪流站崗。」

「那麼這個水槽的源頭在哪？」

「就在這裡。」

「所以，這裡有足夠的壓力讓水從水槽輸送出去囉？」

「是的。」

「當它流出水槽後，又往哪流？」

「你看到的這根管子，從地下一直通到家裡，水便用來做飯。他是沒有辦法喝到水的，我們一直在水槽旁守著，而且水槽離房子只有二十公尺。」

「這裡已經四個禮拜沒有下過雨了吧？」

「一次也沒有，我已經說過了。」

這位先生走近了水槽並且仔細地看了看，裡頭的水槽是用幾塊直接放在地上的木板做的，裡面清澈的泉水緩緩地流著。

「水深沒有超過三十釐米吧？」他問道。

爲了測量水深，他在草上揀起一隻麥稈插進水槽裡，正當他彎下腰時，突然停住，環顧了一下四周。

「啊！太有意思了！」他說完，哈哈大笑了起來。

「什麼，怎麼啦？」古索先生結結巴巴地說，急忙走近水槽，就好像這幾塊窄窄的木塊中能躺個人一樣。

古索夫人用請求的語氣問道：

「怎麼了？你看到他了？他在哪？」

「不在裡面，也不在下面，」這個外地人一直笑著，答道。

他朝著古索先生的房子走了過去，後面緊跟的是古索先生和他的妻兒、旅館老闆，還有剛才在旅館吃飯的那些人，全都跟著這個外地人來來回回地走動。大家都沒說話，等待這個外地人揭開神祕的眞相。

「正和我想的一樣，」他說著，一副開心的樣子，「這傢伙必須得喝水，而且只有這一個水源……」

「那我們會看到他。」古索先生嘀咕著。

「他是趁晚上的時候……」

「既然我們就在旁邊，那麼我們應該可以聽到，甚至是看到他的。」

「他一樣喝得到。」

「所以他喝了這水槽裡的水？」

「是的。」

「要怎麼喝？」

「從遠處。」

「那用什麼喝？」

「就用這個東西。」

他把剛檢的那根麥稈給人們看了看。

「看！這就是那個傢伙用來喝水的麥稈管，你們會注意到這根麥稈管和其他的不一樣，事實上，它是由三根麥稈一根接著一根連接而成的。這就是我剛才注意到的，由三根麥稈接成的一根長麥稈管，這是很明顯的證據。」

外地人從工具架上取了一把小型的短槍問道：

「上子彈了嗎？」

「是的，」古索先生最小的兒子回答道，「我用它來打麻雀玩，裡面的子彈是上了鉛的。」

「太棒了，幾顆這樣的子彈就夠了。」

這個外地人突然嚴肅起來，他抓住了古索先生的胳膊，用不容置疑的語氣強調著：

「聽著，古索先生，我不是警方的人。無論如何，我都不願把這個可憐鬼送上法庭。四個禮拜的挨餓受凍和擔驚害怕……已經夠了。所以你們，你還有你的兒子，要向我保證放他走，不再爲難他。」

「那他要把錢還了！」

「當然會還，那你保證放他走？」

「我保證。」

這位先生重新走到果園入口的大門那，他很快瞄準了泉水邊的櫻桃樹稍微向空中的方向，射了一槍。那裡立刻傳來一聲叫喊，人們只看見那個騎在樹幹上已經有一個月的稻草人摔在了地上，然後馬上站了起來，緊接著拔腿就跑。

這時，人們都目瞪口呆，等回過神時，都驚嘆不已。古索兄弟趕緊追了過去，很快就抓住了這個要逃走的人，他那一身裝束，再加上長期的挨餓受凍讓這個乞丐行動遲緩笨拙。但外地人已經讓這個可憐的傢伙免受憤怒的古索一家的報復。

「住手！這個人是我的。你們不能碰他……我沒讓你受太多罪吧，泰納爾老頭？」

這個傢伙直直的站著，他的腿用破碎的布捆著麥草，胳膊和整個身體也是同樣的裝扮，頭部則是用布緊緊地綁著，他看起來還是和一個僵硬的木頭人一樣。這眞是太滑稽了，太出乎意料了，圍觀的人們都噗嗤地笑了出來。

那個外地人幫他把頭上的布解開，人們看到了一張留著亂蓬蓬發白鬍子、凹陷的臉龐，瘦骨嶙峋的臉上那雙眼睛驚恐萬分。

人們又笑了起來。

「錢！鈔票！」農場主命令道。

外地人把他拉到一邊說：

「等等他就還你錢了，對吧，泰納爾老頭？」

他一邊用刀割開泰納爾老頭身上綁的麥草和布，一邊開著玩笑地說：

「可憐的老頭，你包成這個模樣，是怎麼躲過剛剛那一槍的？與其說你機靈，倒不如說是怕得要死！……那麼，當時的情形應該是這樣吧？頭一天晚上，你利用他們留給你的一點空檔就把自己包成這樣？可眞不笨，稻草人！怎麼想得到？……大家早就習慣看到它在樹上掛著。但是可憐的老頭，這樣子你應該很難受吧！一直趴著！胳膊和腿就這樣伸直著！一整天都是這個樣子！眞是要命的姿勢！你要花多大的功夫去做這個動作啊！你睡覺時得多麼地提心吊膽！你要吃！要喝！還要提防守衛！還要擔心那些距離你的臉蛋不過一公尺的槍管！噗！不過最棒的就是你的麥稈了！沒錯，你從身上拔了幾根麥稈，把他們一根根接好，伸到水槽，如此一來，你就可以不聲不響、一動不動的喝到一滴滴甘露了……真的，這的確值得讚嘆……太棒了，泰納爾老頭！」

接著，他輕輕說道：

「只不過，你身上的味道太難聞了，已經有一個月都沒有洗澡了吧，邋遢鬼！各位，我把他交給你們了，我要先去把手洗乾淨。」

古索先生和他的四個兒子馬上衝到外地人丟給他們的獵物面前。

「快，把錢給交出來！」

泰納爾老頭雖然虛弱不已，但他居然還有力氣裝出吃驚的樣子。

「不要裝出一副驚訝的樣子。」古索先生大聲呵斥，「六千法郎……拿出來。」

「什麼？……你們想要什麼？」泰納爾老頭結結巴巴地說。

「錢……快點……」

「什麼錢？」

「鈔票！」

「鈔票？」

「啊！你把我惹惱了，孩子們，來幫我……」

他們把泰納爾老頭推倒在地，搶走他的那件爛衣服，裡裡外外搜了個徹底。

但是什麼都沒有。

「強盜，小偷，」古索先生喊道，「你把錢怎麼了？」

老乞丐仍然表現出很驚訝的樣子，他太狡猾了，仍舊不肯承認。他呻吟著：

「你們要什麼？……錢嗎？我身上一毛錢也沒有……」

他雙眼死死地瞪著他那件爛衣裳，他自己好像什麼都不知道。

古索先生再也無法抑制自己的憤怒，大家把這個老乞丐痛打了一頓，事情依然沒有任何改變，但古索先生確信他在把自己打扮成稻草人之前就把錢給藏了起來。

「你把錢給藏哪了，卑鄙的傢伙？快說！是不是在農場的某個地方？」

「錢？」那個老乞丐重複說著，一副什麼都不知道的神情。

「對，錢，就是你藏在農場某個角落的那筆錢……啊！就算找不到這筆錢，這筆帳你還是得還我的……這裡都是證人，不是嗎？這些所有我的朋友們，還有那位外地來的先生……」

古索先生回頭去喊那個人，他本來應該在泉水旁邊，就在左邊三四十步遠處，但他驚訝的發現沒有人在那裡洗手。

「他走了嗎？」古索先生問道

有人回答道：

「不……不……他點了根菸，往農場深處走去了。」

「啊！太好了，」古索先生說道，「這傢伙既然可以把人找到，也可以把我們的錢找回來。」

「除非……」一個人說道。

「除非什麼？……你想說什麼？」古索先生說道，「你有什麼意見？快點說……除非什麼？」

但古索突然住了口，有一種擔心湧上他的心頭，一下子，大家都安靜了下來。所有人的腦中都出現和古索先生同樣的想法。這個外地人路過伊貝爾農場，車子中途拋錨，他向旅館裡的人打聽消息，他被帶過來，這一切難道是提前準備好的戲碼？這是不是一個早就透過報紙知道此事的強盜所耍的把戲？而他來這兒就是爲了做一筆賺錢的生意嗎？……

「眞該死，」旅館老闆說道。「剛剛就在我們的眼皮底下，他翻了泰納爾老頭身上的衣服，把錢從他口袋裡拿走了。」

「不可能……」古索先生結結巴巴的說道，「有人看到他是從那邊走過去的……房子的旁邊……或許他現在是在農場裡散步呢。」

古索夫人有力無氣的低聲說道：

「小門是在農場的後面吧？」

「小門的鑰匙還在我這呢。」

「但是，你給他看過鑰匙。」

「是的，不過我把鑰匙拿回來了……妳看，在這。」

古索先生把手揣進了懷裡，接著他大喊了一聲：

「我的天啊！不見了……他把鑰匙給偷走了……」

他立刻就朝小門跑了過去，他的兒子和幾個農民緊追在後。走到半路他們就聽到汽車的聲音，毫無疑問是那個外地人的車，他早就安排好讓他的車開來這個僻靜的小門處等他。

當古索一家人到小門的時候，他們看到在一塊被蛀壞的木板上，有人用暗紅的磚塊在上面刻著：**亞森・羅蘋**。

儘管古索一家非常憤怒，但是他們沒有證據證明泰納爾老頭偷了錢。事實上，反而有二十個人能夠證明這個乞丐身上什麼都沒有發現。因爲這樣，泰納爾老頭只在監獄裡待了幾個月便出獄了。

泰納爾老頭對這幾個月的牢獄生活一點都不覺得後悔，因爲他一出監獄，就有人悄悄的通知他，每隔三個月，他就能在某天、某個時間、某條路上的某個石碑下，拿到三個金路易。

這對泰納爾老頭來說，算是發了筆大財。

亞森羅蘋的婚禮

亞森・羅蘋誠摯邀請您參加敝人與波旁・孔德公主——安琪莉可・薩爾佐・范登小姐的婚禮，屆時將在聖克洛蒂爾德教堂舉行婚禮儀式，恭請閣下蒞臨！

薩爾佐・范登公爵誠摯邀您參加小女波旁・孔德公主——安琪莉可和亞森・羅蘋先生的婚禮，恭請……

尚・薩爾佐・范登公爵雙手發抖地拿著信，氣得看不下去。他氣得臉色發白，高高瘦瘦的身軀一直在顫抖，激動地連話都說不出來。

「看！」他把兩張紙遞給他女兒，對她說，「我們的親朋好友都收到了！這東西從昨天開始就

231

在大街小巷流傳。嗯！妳怎麼看這種下流的行為，安琪莉可？如果妳母親還在世，她會怎麼想？」

安琪莉可和她父親一樣高眺而消瘦，甚至像他一樣有點瘦骨嶙峋和乾癟。她三十三歲，總是身著黑色羊絨大衣，害羞又謙遜。正面看上去，頭部顯得異常狹窄，而鼻子就像要表達自己的抗議一樣高高聳立著。然而，沒人能說她醜，她的眼睛那麼的美麗、溫柔而端莊，任何人只要看一眼，絕不會忘記這雙既憂傷又驕傲的靈動眼眸。

一開始從她父親的話中得知自己被人侮辱冒犯時，她羞愧地臉紅起來。雖然有時父親對她很嚴厲，不公平甚至有點專制，但她熱愛自己的父親，她勸慰他說：

「哦！我想這只是一個玩笑，父親，不必在意。」

「一個玩笑？但是所有人都在說閒話呢！今天早上，十家報紙都刊載了這封可惡的信，還發佈了可笑的評論！人們開始追溯我們的家譜、祖先、顯赫的先人，大家都故意把這事當成眞的。」

「但是沒人會眞的相信……」

「當然，沒人眞的相信，但是我們還是成了全巴黎的笑柄。」

「等到明天大家就不會想起這件事了。」

「明天！我的女兒，大家永遠都不會忘記安琪莉可・薩爾佐・范登這個名字的。啊！如果我知道是哪個混蛋擅自……」

這時，他的貼身僕人雅森特走了進來，告訴公爵大人有人打電話找他。他依然怒氣衝衝，拿起電話，說道：

「是我，薩爾佐・范登公爵。」

那人答道：

「我必須向你道歉，公爵大人，還有安琪莉可小姐，這都是我祕書的過失。」

「你祕書？」

「是的，那些公告信本來是我原本打算交給你的草稿。不幸的是，我的祕書以爲……」

「等等，先生，你是誰？」

「怎麼，公爵先生，你聽不出我的聲音嗎？你未來女婿的聲音？」

「什麼？」

「亞森・羅蘋。」

公爵跌坐在椅子上，毫無血色。

「亞森・羅蘋……是他……亞森・羅蘋……」

安琪莉可微微一笑。

「你瞧，父親大人，這只是一個玩笑，有人在故弄玄虛……」

但是，公爵胸中燃起熊熊怒火，邊踱步邊揮舞著雙手說：

「我要提起告訴！……我絕不容許這個人如此嘲弄我！……如果法律還有公正可言，那麼它應該發揮應有的功效！……」

雅森特第二次走進來，他帶來兩張名片。

「休杜瓦？勒布蒂？不認識。」

「是兩名記者，公爵先生。」

「他們想幹什麼？」

「他們想和公爵先生談談……婚禮。」

「把他們趕出去！」公爵呵斥，「告訴門房，我的公館絕不放這種混帳進來。」

「父親，請你……」安琪莉可抗議著。

「女兒，妳該讓我安心點，如果妳之前早答應嫁給任何一位堂兄，我們現在也不至於會這樣。」

就在當天晚上，其中一名記者在報紙頭版發表了他到瓦若那街上的薩爾佐・范登公爵家裡拜訪的情況，並且對這位老紳士的怒火和拒絕受訪大肆渲染了一番。

第二天，另一份報紙刊登了一則聲稱是在歌劇院走廊進行的對亞森・羅蘋的訪談。亞森・羅蘋抗議道：

我完全理解我未來岳父大人的氣憤，公開這些信件的行爲很不恰當，雖然我對此沒有任何

責任，但我仍堅持要公開表達歉意。而且我們婚禮的日期其實還未確定！我的岳父建議定在五月初，我和未婚妻則認為這有點晚！還要再等六個星期！……

這給整個事件又增添了一點趣味，公爵的朋友們尤其能感受到，這正是公爵的個性，他驕傲、固執己見又決不妥協。公爵出身於布列塔尼最有名望的家族，是薩爾佐家族最後的後裔，他娶了一位范登家族的女兒，但在巴士底監獄待了十年之後才肯接受路易十五賜予他的這個新頭銜，尚．薩爾佐．范登公爵仍舊頑固守著舊體制的偏見。年輕時，他曾追隨尚波登伯爵一起流亡，到年老時，他則拒絕了波旁王室任命的職位，理由是薩爾佐家族的人只能跟擁有同樣高貴身分的人一起共事。

而目前發生的這個事件深深觸怒了他，他無法平息心中的怒火，用盡所有詞彙痛罵著羅蘋，還威脅要讓他嘗盡人間所有的苦難。他還責怪自己的女兒：

「看吧！如果妳早一點結婚的話！……而且並不是沒人選！妳的三位堂兄，穆西、昂布瓦茲、伽合希都出牛高貴，也足夠富裕，很適合聯姻，他們也一直向妳求婚，妳為什麼要拒絕他們？啊！因為我的女兒是個愛幻想的人，是個多愁善感的人，她的堂兄們都太胖，或太瘦，或太粗俗！……」

她的確很愛幻想，從小她就根據自己的喜好，閱讀了她祖母衣櫥裡所有的騎士傳奇或有點無趣的古代小說。生活在她看來，就像童話一般，漂亮的年輕女子總是幸福地生活著，而其他的女孩子則遲遲等不到未婚夫的到來，直到死去。既然她的堂兄們都只想著她的嫁妝，想著她母親留下來的百萬家產，她爲什麼要嫁給他們？還不如做個老姑娘，一直做夢……

她溫柔地回答：

「你這樣會生病的，我的父親，忘掉這件可笑的事情吧。」

但是，他怎麼可能忘記？每天早上，新的挖苦報導又會把他的傷口揭開。三天後，安琪莉可還收到一束放著亞森・羅蘋署名卡片的花。公爵只能去找老朋友吐苦水，沒想到一位朋友對他說：

「還挺有意思的，今天這齣。」

「什麼？」

「你女婿新一齣的惡作劇啊！難道你還不知道？拿去，看吧……」

亞森・羅蘋懇請政府機關批准他改冠妻姓，此後改名爲羅蘋・薩爾佐・范登。

第二天，報紙上又看到：

既然年輕的未婚妻是波旁・孔德王朝最後一位繼承者，有其頭銜和徽章，那依照查理十世頒布的一條現在仍有效力的法令，羅蘋・薩爾佐・范登的長子將可享有亞森・波旁・孔德王子

的稱號。

第三天則刊登了一則廣告：

林奇百貨公司開始展示薩爾佐・范登小姐的嫁妝，上頭有字母縮寫：L.S.V.（羅蘋・薩爾佐・范登）。

然後是一張畫報刊登了一張照片：公爵、女婿和女兒，三人圍坐在桌子旁，玩著紙牌遊戲。

並且隆重宣佈了婚禮的日期：**五月四日**。

接著又列出了詳細的婚前協議條款，羅蘋在此表現出了一種讓人敬佩的無私精神，據說不管嫁妝多少他都會閉著眼睛在條款上簽名。

這一切讓老公爵完全失去理智，他對羅蘋恨得咬牙切齒。雖然行動不便，他仍親自趕去警察局長住處，後者只是告誡他要當心。

「我們習慣了這個人的把戲，用來對付你的是他慣用的招數，請允許我這麼說，公爵先生，他在對你下圈套，不要掉進他的陷阱。」

「什麼圈套？什麼陷阱？」公爵很著急地問。

 237

「他正試圖讓你慌亂，嚇唬你，讓你做出失去理智的行爲。」

「亞森・羅蘋不要妄想我會把女兒嫁給他。」

「不，但是他希望你會做出……怎麼說呢，蠢事。」

「什麼蠢事？」

「就是他希望你會做的。」

「那，局長先生，你的結論是什麼？」

「就是，回家去，公爵先生，若是這些流言蜚語讓你煩惱的話，就去鄉下安靜地待著，不要激動。」

這次談話只讓老公爵更加擔心，對他來說，羅蘋是個可怕的人物，他會使盡惡毒的招數去陷害人，他必須當心。

從此生活變得更難熬了。

他脾氣變得越來越壞，不苟言笑，不見任何朋友，甚至是安琪莉可的三位求婚者：穆西、昂布瓦茲和伽合希——他們三個因爲出於競爭立場而互相憎恨。之前，他們每星期都會輪流過來一趟。

他毫無理由地趕走了公館總管和車夫，卻不敢找人來接任，害怕讓羅蘋這樣的人登堂入室。他完全信任的貼身僕人，追隨他四十多年的雅森特只得被迫做這些馬廄和辦公室的雜活。

「我的父親。」安琪莉可試圖跟公爵講講道理，「我眞不知道你在害怕什麼，這個世上沒人能強迫我同意這個荒謬的婚禮。」

「哎呀！我不是害怕這個。」

「那你在害怕什麼？我的父親。」

「我怎麼知道？綁架！盜竊！襲擊！毫無疑問，我們的周圍都是間諜。」

一個下午，他收到一份報紙，上面一篇文章用紅筆特意標注出來：

婚前協議將於今晚在薩爾佐・范登公館簽署，儀式會祕密低調的舉行，只有少數幾位貴客被邀請爲新人獻上祝福。包括薩爾佐・范登小姐未來的證婚人羅什福柯・里莫爾王子和沙特爾伯爵，還有過去曾對亞森・羅蘋先生幫助良多的警察局長和沙特監獄獄長。

這實在太過分了，十分鐘後，公爵命令雅森特將三名求婚者找來。四點時，在安琪莉可的陪同下，他接見了這三位求婚者：高大肥胖、異樣白皙的保羅・穆西、苗條、臉色紅潤又害羞的雅克・昂布瓦茲，和又矮又瘦，病怏怏的阿南道・伽合希。三個老男孩因匆忙趕來而顯得毫無儀態。

會議很簡單，公爵已經準備好戰鬥的計畫，他用不容置疑的語氣公佈了第一部分計畫。

「我和安琪莉可今晚會離開巴黎，我們會回我們在布列塔尼的領地。我希望你們，我的侄子們，協助我們離開。昂布瓦茲，你開你的小轎車來接我們；穆西，你騎上摩托車，和我的僕人雅森特一起負責我們的行李；伽合希，你去奧爾良火車站買十點四十分去瓦納的臥鋪，都清楚了嗎？」

這天接下來都安然無恙，為了確保萬無一失，在晚飯後，公爵通知雅森特將旅行箱和手提箱收拾好，雅森特及安琪莉可的貼身女僕都將一路隨行。

晚上九點時，所有的僕人在主人吩咐下都早早睡下，九點五十分時，所有準備工作就緒，公爵聽到一聲喇叭聲。門房把大門打開，公爵透過窗戶看到是雅克・昂布瓦茲的四人小轎車。

「告訴他我馬上下來。」他吩咐雅森特，「還有，通知小姐。」

幾分鐘後，雅森特還沒有回來，於是公爵從房裡出來。但是，他一走到平臺上，便被兩個戴著面具的男人抓住，在他發出尖叫前，已經被兩人捂住嘴巴，牢牢制住。其中一個人低聲對他說：

「第一次警告，公爵先生，如果你執意離開巴黎，拒絕同意我的請求，那事情將會很嚴重。」

然後這個人吩咐他的同伴：

「看著他，我去對付小姐。」

此時另外兩個同伴已經抓住女僕，安琪莉可也被捂住嘴巴昏迷過去，躺在小客廳的躺椅上。那人給她聞了聞嗅鹽後，她馬上醒了過來，而當她睜開眼睛時，她看到一個年輕男子在她身體上方，他微笑著，一臉善意，對她說：

「請原諒我，小姐。這件事情有點唐突，處事方式也不太正當。但是有時局勢總會逼迫我們做出與理智相背的事情，請妳原諒。」

他溫柔地拿起她的手，邊說邊將一只很大的金戒指戴在年輕女子手指上：

「看，我們已經訂婚了，不要忘記是誰給妳這只戒指……他請妳不要逃走……在巴黎等著他獻出忠心，請相信他。」

他用如此深沉、權威而令人肅然起敬的聲音說著這些話，安琪莉可無法抵抗。他們四目相對。他低聲說：

「妳的眼睛多麼純潔！在這樣的眼睛注視下的生活該有多麼幸福！現在請將雙眼閉上……」

他退了出去，同伴們也跟著他離開。小轎車又開走了，瓦若那街的公館又恢復了寧靜，直到安琪莉可再次醒來，呼喚僕人們。

他們找到公爵、雅森特、女僕、門房一家，所有人都被牢牢捆在一起。一些值錢的小古玩，還有公爵的錢包，所有首飾、領帶別針、珍珠袖扣和手錶等等都不見了。

他們很快通知警察，直到早上，人們才得知昨天晚上，昂布瓦茲坐車從家裡出來時，被自己的司機刺了一刀，然後被半死不活地被丟在荒無人煙的馬路上。至於穆西和伽合希，他們之前都接到一通電話，自稱是公爵並要求取消行動。

接下來那個星期，公爵一家完全不理會警局調查，也不去回應檢察官的召見，甚至不讀亞森．羅蘋在報紙上關於「瓦若那逃亡」的報告。公爵、安琪莉可和雅森特偷偷地坐上一輛開往瓦納的客運，在某天晚上，來到薩爾佐半島矗立的一座封建時期的古老城堡。隨後，在眞正的中世紀封臣——布列塔尼農民們的幫助下，城堡組織起了防禦工事。第四天，穆西趕來；第五天，伽合希趕來；第七天，昂布瓦茲也來了，他的傷口沒有人們想像中那麼嚴重。

兩天之後，公爵才向身邊人宣告，既然他們已經成功從羅蘋那裡逃離，那麼他要實施計畫的後半部分。當著三個侄子的面，他以不容置疑的命令口吻對安琪莉可宣告他的計畫，他這樣解釋道：

「這些事情讓我非常頭痛，我已經和這個人開戰，你們可以看出他有多麼大膽，這一場戰鬥讓我疲憊不堪。不管怎樣，我一定要停止這場戰鬥。要這麼做只有一個辦法，安琪莉可，那就是妳接受一位堂兄的求婚，幫我卸下這個重擔。一個月前，妳就應該成爲穆西夫人、伽合希夫人或昂布瓦茲夫人。妳可以自由選擇，快決定吧。」

安琪莉可已經哭了四天，懇求父親。但這一點用也沒有？她感覺到他絕對不會改變主意，最後，她只能順從他的意願，她答應了。

「就你想要的那個吧，我的父親，我不愛他們任何一個，既然不管跟哪一個人在一起都不幸福，那選擇哪一個並沒有什麼不同！」

於是，又起了新的爭執，公爵希望逼迫她做出自己的決定，她則毫不退讓。最終公爵厭倦了爭吵，出於財產的考慮選擇了昂布瓦茲。

很快就貼出了結婚公告。

從那之後，城堡周圍加倍進行防範，對於羅蘋的沉默及報紙上戰鬥的突然中斷，薩爾佐・范登公爵不無擔憂。敵人很明顯正在醞釀一次行動，也許他試圖用某個他慣用的伎倆來阻止這場婚禮。然而什麼都沒發生，婚禮前天晚上、婚禮前夕、婚禮當天早上，什麼都沒發生。婚禮在市公所舉行，然後在教堂舉行了一個祝福儀式，婚禮結束了。

到這時，公爵才長舒一口氣。雖然女兒的鬱鬱寡歡，女婿尷尬的沉默讓情形看上去有點難堪，但是他還是一臉幸福地搓著雙手，就像打了一場勝仗一樣。

「把城堡的吊橋放下來。」他對雅森特說，「讓大家都進來！我們再也不用擔心那個混蛋了。」

午飯過後，他讓人將葡萄酒分給農民，和他們一起暢飲，然後唱歌跳舞。

快三點時，他回到一樓的客廳。

他的休息時間到了，他穿過房間來到警衛室，但當他還沒有跨過門檻時他就突然停了下來，大聲喊道：

「你在這裡幹什麼，昂布瓦茲？開什麼玩笑！」

昂布瓦茲站著那，一身布列塔尼漁民裝扮，穿著過大的破破爛爛、髒兮兮的短褲和上衣。

公爵似乎嚇呆了，他雙眼圓瞪，久久地審視著這張臉，他那麼熟悉，喚起了他對遙遠過去的模糊回憶。然後，他突然走向一扇面向空地的窗戶，喊道：

「安琪莉可！」

「什麼事，我的父親？」她邊走近邊回答。

「妳丈夫呢？」

「他在那，我的父親。」安琪莉可指著不遠處抽著一支雪茄，正在看書的昂布瓦茲。

公爵踉蹌幾步，跌坐在躺椅上，受了驚恐般哆嗦起來。

「啊！我要瘋了！」

穿著漁夫衣服的男人跪倒在他面前，說道：

「看看我，叔叔！你認出我了，不是嗎，我是你的侄子，從前在這裡玩耍過的那個，你叫雅可的那個……你仔細想想……看，看這個傷疤……」

「是的……是的……」公爵結結巴巴說，「我認識你……是你，雅克……但是，另外一個……」

他雙手緊緊抱住頭。

「但是，不，這不可能……你解釋一下……我不明白……我不想明白……」

一片沉寂之中，這位不速之客關上窗戶和通往隔壁客廳的門。然後，他走向老紳士，輕輕地碰了下他肩膀，試圖將老人從混沌中驚醒。就像要避免所有不必要的解釋一樣，他開門見山地說：

「叔叔，在安琪莉可拒絕我的求婚後，我離開法國已經十五年了。而四年前，也就是我自願放逐到阿爾及利亞南部並在那裡建功立業的第十一個年頭，在一次由一位阿拉伯大首領組織的狩獵中，我認識了一個極其幽默而富有魅力的男人，他的機智令人難忘，那麼勇敢且不可戰勝，還具有批判力與深沉的思想，這些都深深地吸引了我。

「這位安德列希公爵在我的住處待了六個星期，他走之後，我們一直保持通信。而且，我經常在報紙上的社交或體育專欄上看到他的名字。他那時應該已經回來了，我隨時準備再次見到他。三個月前的一天晚上，當我騎馬散步時，跟著我的兩個阿拉伯僕人突然撲向我，把我綁起來，蒙住眼睛。經過七天七夜，穿過無數荒無人煙的小道，把我帶到一個海濱港灣，那裡已經有五個人等著接頭。很快，我被帶上一艘蒸汽遊艇，蒸汽遊艇沒有停留，很快的出發了。

「這些人是誰？他們綁架我的目的何在？我毫無頭緒。他們把我關在一個非常狹窄、只開了扇有兩根交叉鐵杆的窗戶的房間裡。每天早上，有人從我的房間和隔壁房間之間的小暗門把兩三片麵包，一個舊飯盒和一小瓶葡萄酒放到我的床鋪上，晚上有人再來把我剩下的東西拿走。

「蒸汽遊艇時不時會停泊，我還聽見一艘也許開往某個小港口然後滿載生活用品歸來的小船聲音。然後，人們不慌不忙地進行分配，就像一群遊蕩而並不著急到達目的地的遊客。有時，我站在椅子上，通過小窗戶看到海岸的樣子，但是海岸線如此模糊，我什麼都沒法辨認。

「這一切持續了好幾個星期。第九個星期的某個早上，我發現小暗門沒有關上，便把暗門推開。隔壁的小房間一個人都沒有，我趁機成功地拿到盥洗臺上的一把指甲刀。

「兩個星期後，經過持續的努力，我終於磨斷了窗戶的鐵杆，我可以從那裡逃出去，但是，即使我是一名游泳健將，也會很快筋疲力盡。所以，我必須選擇好時機，等蒸汽遊艇離陸地比較近的時候再行動。就在前天，我一直站在椅子上觀察海岸，晚上日落時，出乎我的意料，我竟然看到薩爾佐城堡的輪廓模樣，看到它尖尖的塔樓和它的主塔。難道我整個神祕旅行就要結束了嗎？

「整個晚上，我們都在四周巡航，昨天一天也是這樣。終於，今天早上，我們靠近岸邊，我判斷這個距離對我非常有利，而且當船駛到礁石那裡時，我可以藉礁石掩護自己。但是，就在我要逃跑的時候，又一次發現小暗門沒上鎖，正隨著船的搖晃而一開一關的敲打著隔板。出於好奇，我微微打開小暗門。在我的手臂所能觸及範圍之內，打開了一個小櫃子。我用手在裡面摸索著，竟然不小心抓到一疊紙。

「這些是信件，包括寫給綁架我的匪徒的所有指示。一個小時後，當我翻過窗戶，躍入海中的時候，我已經知道一切：我被綁架的原因、他們採用的手段、接下來的目的，以及三個月來策劃的針對薩爾佐・范登公爵和他女兒的可恥陰謀。不幸的是，已經太遲了，爲了不被船上的人發現，我被迫躲在礁石洞裡，到中午時分才上了岸。之後再走去一名漁夫的木屋，和他交換身上的衣服，等到我走到這裡時，已經是下午三點，而我知道婚禮已經在今天早上舉行了。」

老紳士一言不發，他死死地盯著對方的眼睛，越聽越驚恐。

偶爾，他腦海裡又回想起警察局長對他的警告：

「他在給你設圈套，公爵先生……給你鋪陷阱。」

公爵聲音低啞地說：

「說……把話說完……這些讓我透不過氣來……但我還是不明白……我很怕。」

那人又說道：

「哎呀！很容易就得出眞相了，簡單地說。當他住在我家時，出於我對他錯誤的信任，安德列希公爵掌握了幾件事情：首先我是你的侄子，但是你可能不太能認得出我來，因爲我還是個孩子的時候就離開了薩爾佐，自此，我們的聯繫只限於十五年前我待在這裡的幾個星期，期間我向堂妹安琪莉可求過婚；其次，與我的過去完全切斷後，我再也沒有和任何人通信；最後，安德列希公爵的長相和我有點相似，不仔細看會覺得非常的相像，他的計畫就建立在這三點之上。

「他收買了我的兩個阿拉伯僕人，告訴他們我一旦離開阿爾及利亞就通知他。然後，他頂著我的名字和相像的外表回到巴黎，和你相認。而你每隔半個月便邀請他到家中做客。頂著我的名字生活，這變成了他隱藏眞實個性的眾多標籤中的一個。三個月前，像他在信裡說的那樣，『時機成熟了』，他開始向媒體發佈一系列報導，同時，可能是擔心阿爾及利亞的報紙會揭露出有人在巴黎冒名頂替我，於是他就讓我的僕人攻擊我，然後讓同夥綁架我。我還需要再說那些你已經知道的事嗎，叔叔？」

薩爾佐・范登公爵激動地顫抖著。他害怕睜開眼睛面對如此可怕的眞相，但是它已經完全攤在面前，向他指出敵人可憎的面目。他抓住對方的手，激動而絕望地對他說：

「是羅蘋幹的，是不是？」

「是的，叔叔。」

「是他……我把女兒嫁給了他！」

「是的，叔叔，他偷走我雅克・昂布瓦茲的名字，偷走你的女兒。安琪莉可現在是亞森・羅蘋的法定妻子，這還是遵照你指示做的。這是他的一封信，可以證實這一切。他打亂了你的生活，攪亂你的思想，讓你日夜不得安寧，打劫你的公館，直到你害怕地逃到這裡。在這裡，你自認為已經躲開了他所有威脅和手段，要求你的女兒妥協嫁給她的三個堂兄：穆西，昂布瓦茲或伽合希。」

「但是她為什麼選了這一個而不是其他兩個？」

「是你，叔叔，是你選擇了他。」

「這只是偶然……我選他是因為他比較有錢……」

「不，不是偶然，而是聽從了你的僕人雅森特私下隱密而巧妙的建議。」

公爵驚跳了起來。

「啊！什麼！雅森特也是同謀？」

「亞森・羅蘋的同謀？不，他是他所以為的那個昂布瓦茲的同謀，那個答應在婚禮一星期後給他十萬法郎的人的同謀。」

「啊！這個壞蛋！……他策劃好了一切，預料到了一切。」

「預料到一切，我的叔叔，甚至為了轉移嫌疑而佯裝襲擊自己，假裝在為你效命時受傷。」

「但是，目的是什麼呢？為什麼做出這些下流勾當？」

「安琪莉可擁有一千一百萬的財產，我的叔叔。下個星期，你巴黎的公證人應該會把那些證券交給這個假冒的德昂布瓦茲，而他會馬上兌現，然後消失得無影無蹤。但是，今天早上，作為你個人的禮物，你已經贈與他五十萬法郎的證券，今天晚上九點鐘，在城堡外，靠近大橡樹那裡，他應該會把證券交給他的一個同夥，明天早上就會在巴黎交易。」

薩爾佐・范登公爵站起身，雙腳用力跺著地面，怒氣衝衝地走著。

「今天晚上九點。」他說，「……走著瞧……走著瞧……從現在起……我要通知當地警察。」

「亞森・羅蘋對鄉下警察根本不屑一顧。」

「那給巴黎總局發電報。」

「是的，但是五十萬法郎……還有這樁醜聞，我的叔叔……想想，一報警這件事情就會傳揚出去：你的女兒，安琪莉可・薩爾佐・范登嫁給了這個混蛋，這個無賴……不，不，我們無法承受這樣的代價……」

「那該怎麼辦？」

「怎麼辦……」

這次輪到侄子站起來，走向一個掛著各式各樣武器的槍架那裡，拿下一把步槍，放在老公爵旁邊的一張桌子上。

「當我過去在沙漠的邊緣打獵時，一旦面對野獸，我們不會通知警察，我們會拿起自己的步槍，打死這隻野獸，否則我們就會被它的爪子撕裂。」

「你說什麼？」

「我說我在那邊養成了不依靠警察的習慣，這種維護正義的方法有點粗蠻，但卻是個好方法，相信我，就我們今天所面對的狀況，這是唯一的辦法。這個混蛋死後，你和我把他埋在某個角落……沒人會看到，沒人會知道。」

「安琪莉可？……」

「我們以後再告訴她。」

「她以後會怎麼樣？」

「她還是……按法律規定的我的妻子，眞正的昂布瓦茲的妻子。明天我就會離開她，回到阿爾及利亞。兩個月後，我會發表離婚聲明。」

公爵臉色發白，雙眼直勾勾地，緊咬著牙根聽著。他低聲說：

「你確定他船上的同夥不會告訴他你逃走了？」

「明天之前都不會。」

「那麼？」

「那麼，今天晚上九點，亞森．羅蘋肯定會走那條巡邏的道路去大橡樹，沿著老城牆，然後繞過教堂廢墟，我會去廢墟那裡等著。」

「我也去。」薩爾佐．范登公爵平靜地說著，拿下一把獵槍。

這時已經是下午五點，公爵還在和侄子談話，檢查武器，上好子彈。接著，夜晚降臨時，公爵把他帶到自己臥室，讓他藏在一個臨近的避難室裡。

接下來的時間都沒什麼情況發生，晚宴開始時，公爵努力保持平靜，他時不時偷看他的女婿，對他和眞正的昂布瓦茲的相像度感到十分吃驚。同樣的膚色，同樣的臉部輪廓，同樣的髮型。但是，兩人的眼神不一樣，這個人的眼神更加銳利，更加炯炯有神，看了許久，公爵才找出一些不易察覺、但能證明這個人是冒牌貨的細節。

晚飯後人群散去，鐘敲響了八點的鐘聲。公爵回到臥室，把他的侄子放出來。十分鐘後，趁著夜色，他們手上拿著獵槍，溜進廢墟中。

而安琪莉可在她丈夫的陪伴下，回到她城堡左翼塔樓的一樓房間。在房門口，她丈夫對她說：

「我要散一下步，安琪莉可，我回來時，妳願意再見我嗎？」

「當然。」她說。

他離開她，來到二樓，鎖上門，然後輕輕打開面向田野的一扇窗戶，把身子探出去。塔樓腳下，在他身下四十公尺處，他看到一個黑影。他吹了聲口哨，一聲輕輕的口哨聲回應了他。

然後，他從櫃子裡拿出一個塞滿了紙張的巨大公文皮包，用一塊黑布包著，然後用繩子綁住。接著坐到桌子旁，開始寫著：

很高興你收到我的訊息，因爲我發現拿著這麼大包的證券出城堡很危險。這些就是證券。你騎著摩托車趕去巴黎，然後再乘坐早上去布魯塞爾的火車。在那裡，你把這些證券交給Z，他會馬上轉賣出去。

A. L.

附註：經過大橡樹時，跟夥伴們說我會去和他們碰頭，我要給他們一些指示。還有，這裡一切順利，沒有任何人懷疑我。

他把信綁在包裹上，用一根繩子把整個包裹吊下去。

「好。」他說，「好了，我放心了。」

他又耗了幾分鐘在房間裡晃悠，對著牆上掛著的兩幅紳士畫像笑道：

「奧瑞斯・薩爾佐・范登，法蘭西大元帥……偉大的孔德家族……向你們致敬，我的祖先。羅蘋・薩爾佐・范登和你們平起平坐了。」

最後時間到了，他拿起帽子下樓。

但到一樓時，安琪莉可突然從房裡出來，一臉驚慌地喊道：

「聽著……我求你……最好……」

然後突然間，她又什麼都沒說走回自己的房間，一副驚恐和狂亂的樣子。

「她生病了。」他心想，「她的婚姻並不成功。」

他點燃一支菸，並沒有過多注意這個本該觸動他的小意外，想到：

「可憐的安琪莉可！最終一切會以離婚收場……」

外面夜色愈濃，天空佈滿烏雲。僕人們關上城堡的窗戶，窗戶裡面一點光亮也沒有，公爵一向習慣在晚飯後就睡覺。羅蘋經過警衛室，走上吊橋。

「門開著。」他說，「我走個一圈就回來。」

巡邏道路在右邊，他沿著從前在城堡周邊劃出的另外一塊廣闊土地的古城牆，一直走到一個如今已經幾乎完全毀壞的暗道。

這條巡邏道先是繞過山陵，然後順著陡峭山谷的山脊延伸，小道的左邊是茂密的灌木叢。

「多麼適合埋伏的地方！」他說，「絕對是個刺殺之地。」

他停下來，好像聽到有什麼聲響。但是這只是樹葉簌簌的聲音。一塊石子沿著陡坡滾下來，在凹凸不平的岩石上彈跳。奇怪的事情，但是沒什麼可讓他擔心的，他開始走著。呼吸著越過半島平原的大海清新的空氣，他滿心歡喜。

「活著多好！」他心裡想，「我還這般年輕，古老的貴族、百萬富翁，還有什麼比這更好的嗎，羅蘋・薩爾佐・范登？」

黑暗中，在前方不遠處，他看出矗立在小路幾米遠的小教堂廢墟的影子。天空飄下幾滴雨，他聽到鐘敲了九下。加緊腳步，前方出現一個很短的下坡路，接著是上坡路，突然他停了下來。

有人抓住了他的手，他往後退，想掙脫開來。

一個人從樹叢裡走出來，他嚇住了，一個聲音對他說：

「不要說話……閉嘴……」

他認出是他的妻子，安琪莉可。

「怎麼了？」他問道。

她輕聲說，他幾乎都聽不清她說的話：

「有人監視你……他們在那兒，在廢墟中，還拿著槍……」

「誰？」

「安靜……仔細聽……」

他們靜靜地待了一會兒，然後她說：

「他們不動了……也許是沒發現我，我們回去……」

「但是……」

「跟我走！」

她的語氣如此不容置疑，他不再過問便聽從她。突然她驚慌起來：

「快跑……他們來了……我確定……」

確實，他們聽到一陣腳步聲。

她一直抓著他的手，突然，她使出一股力氣，把他拉到一條捷徑上，她不顧黑暗和荊棘，毫不遲疑地在蜿蜒曲折的路上快速走著，很快他們便來到吊橋。

她挽著他的胳膊，門衛向他們致意。他們穿過大院子，來到城堡中心，她帶著他一直走到兩人居住的位於角落的塔樓。

「進來吧。」她說。

「進妳的房間？」

「是的。」

兩位女僕正守候著，在女主人吩咐下，他們回到自己四樓的房間。

幾乎很快就有人敲響了房間的門，有人在喊：

「安琪莉可！」

「是你嗎，我的父親？」她努力抑制自己的情緒，說道。

「是的，妳的丈夫在這裡嗎？」

「我們剛回來。」

「跟他說我有話對他說，讓他到我那裡找我……快點，我很急。」

「好的，我的父親，我會把他帶過去。」

她豎起耳朵聽了幾分鐘，然後回到她丈夫站著的小客廳，她確定地說：

「我確定我父親沒有走遠。」

他邁出步子要走出去。

「既然他要跟我談話……」

「我父親不是一個人。」她擋住他的路，激動地說。

「那誰陪著他？」

「他的侄子，雅克・昂布瓦茲。」

沉默了一會兒，他很吃驚地看著她，不太明白他妻子的行爲。但是，他並沒有仔細去想這個問題，他笑道：

「啊！這個厲害的昂布瓦茲在那？那祕密已經被發現了？但是除非……」

「我父親什麼都知道了。」她說，「我剛聽到了他們的談話，他的侄子看到了那些信……我一開始猶豫要不要提醒你……然後我確信我有義務……」

他再一次細細地端詳她。但是，他很快從這個古怪的情形中明白過來，他大笑起來：

「怎麼？我船上的朋友沒把信燒掉？他們居然放走了囚犯？一群笨蛋！啊！難道什麼事都要我親自做！……不管怎樣，這太可笑了。昂布瓦茲對昂布瓦茲……啊！但是，如果別人認不出我眞正的樣子，連昂布瓦茲都把我的樣子搞混了？」

他轉身走向梳妝臺，沾濕毛巾，塗上肥皀，一眨眼的功夫，他已經擦好臉、卸好妝，頭髮也變了模樣。

「好了。」出現在安琪莉可面前的是她在巴黎遭打劫那天晚上看到的樣子，他說，「好了，這樣和我的岳父談話更自在一點。」

「你去哪裡？」她衝到門前說。

「當然是去見見先生們囉。」

「你不能去。」

「爲什麼？」

「如果他們殺了你呢？」

「殺我？」

「這就是他們想要的，殺了你……把你的屍體藏在某處……誰會知道呢？」

「或許。」他說，「從他們的角度看，他們做得對。但是如果我不到他們面前去，他們也會過來。這扇門是阻擋不了他們的……你也阻擋不了，所以我想最好做個了斷。」

「跟我來！」安琪莉可命令道。

她拿起一盞燈用來照明，走進她的臥室，推了推玻璃衣櫥，衣櫥暗處的滾輪滾動起來，眼前出現了一副古老的門，她說：

「這是另一扇廢棄很久的門，我父親以爲鑰匙已經丟了，鑰匙給你。打開後順著鑿在城牆上的樓梯，你會抵達塔樓底部，你只需要拔下第二扇門上的鎖就自由了。」

他很震驚，突然，他明白了安琪莉可的所有舉止行爲。在這張憂鬱、並不十分美麗，但卻如此溫柔的臉龐面前，他突然突然感覺到狼狽，甚至有點羞愧。他不再覺得有什麼可笑的，一種夾雜著愧疚和善意的尊敬在他心中油然而生。

「妳爲什麼要救我？」他輕聲問。

「你是我的丈夫。」

他反駁道：

「但是不……不……我偷的只是一個頭銜，法律不會承認這段婚姻的。」

「我父親也不會希望有這樣的醜聞。」她說。

「正是。」他激動地說，「我正是考慮到這點，這也是我爲什麼把妳堂兄昂布瓦茲帶到附近。我消失了，他就是妳的丈夫，妳在眾人面前嫁的人是他。」

「我在上帝面前嫁的人是你。」

「上帝！上帝！可以和他打個商量吧……總會取消妳的婚姻的。」

「有什麼理由呢？」

他安靜下來，想到所有這些對他毫無意義，甚至是有點可笑，但對她卻是事關重大的事情，他重複說著：

「太可怕了……太可怕了……我早應該考慮到……」

突然，他想到一個主意，用手拍著頭，大喊道：

「有了！我知道了。我和梵蒂岡的某個大人物交情甚好。主教會照我的要求去做……我會召集聽證人，我確信神父會為我的請求動容……」

他的計畫如此可笑，笑容如此單純，她忍不住微笑起來，她對他說：

「上帝為證，我是你的妻子。」

她看著他，眼神中沒有一點蔑視、敵意，甚至一點氣憤，他突然間明白她早忘了他是一個無賴，一個壞蛋，她只想到這個人是她的丈夫，是神父把他們倆綁在一起，發誓要一起面臨死亡那神聖一刻的人。

他跨了一步走近她，深深地注視著她。一開始，她並沒有垂下眼睛。但是接著她就臉紅了。他從來沒有看到過這麼令人心動、散發著神聖光輝的臉龐。就像在巴黎的第一晚，他對她說：

「哦！妳的眼睛……如此平靜而憂傷……如此美麗！」

她低下頭，結結巴巴地說：

「趕快走吧！……快走！」

看著她尷尬的樣子，他突然明白了那些觸動她而她自己可能都不瞭解的內心深處情感。他從這位老姑娘的靈魂深處看出，她總愛羅曼蒂克的想像，愛無止境地做夢，愛讀那些古典書籍。而他們相識的情況是如此的特殊、不平凡，不就正像那些小說一樣？如同拜倫筆下的主人公，一個浪漫而紳士的強盜，傳說中神乎其技的大名鼎鼎冒險家，在某個晚上，歷盡千辛萬苦，在勇氣的驅使下來到她家，將一只婚戒戴在她手指上。這種神祕而富有激情的訂婚，就像海盜故事或艾那尼①劇裡演得一樣。

他非常感動，心中充滿暖意，他幾乎忍不住要激動地大喊：

「我們一起走！……我們逃吧！……妳是我的妻子……我的伴侶……分享我的不幸，喜悅和哀愁……那樣的生活會是多麼奇妙而熱情，美妙地無與倫比……」

但是安琪莉可的眼睛再次看向他，她的眼睛如此純潔而驕傲，以致於這次輪到他臉紅了。

這不是一個可以這樣對待的女人。他輕聲說：

「請原諒……我做過很多錯事，但是任何一件都沒有這件讓我這麼痛苦。我是個混蛋……我毀了妳的生活。」

「不。」她說，「正好相反，你替我的生活指明了一條路。」

他正想詢問，但是她已經打開了門，給他指了路。沒什麼需要說的了，於是他一句話也沒說，在她面前深深彎了下腰，然後離開了。

一個月後，波旁・孔德公主安琪莉可・薩爾佐・范登，亞森・羅蘋的合法妻子，以修女瑪麗・奧古斯特的名義，披上紗巾，成為一座多明我會修道院的修女。

在成爲修女的儀式當天，修道院的老院長收到一封密封的厚厚信函和一封信……

信上寫著：

給予修女瑪麗・奧古斯特所要幫助的窮苦人們。

信封裡是五百張千元法郎鈔票。

譯註：

①艾那尼（Hernani）：雨果所作著名戲劇，一八三〇年首次公演，曾引起古典派與浪漫派之間的激烈對抗。

261

國家圖書館出版品預行編目資料

羅蘋的告白／莫里斯・盧布朗（Maurice Leblanc）著；徐柳芬譯.
—— 初版. ——臺中市　：好讀, 2011.07
面：　公分，——（典藏經典；38）

譯自：Les Confidences d'Arsène Lupin

ISBN 978-986-178-197-6（平裝）

876.57　　100010646

好讀出版

典藏經典38

羅蘋的告白

原　　著／莫里斯・盧布朗
翻　　譯／徐柳芬
總 編 輯／鄧茵茵
文字編輯／莊銘桓
美術編輯／許志忠
行銷企畫／劉恩綺
發 行 所／好讀出版有限公司
台中市407西屯區何厝里19鄰大有街13號
TEL:04-23157795　FAX:04-23144188
http://howdo.morningstar.com.tw
（如對本書編輯或內容有意見，請來電或上網告訴我們）
法律顧問／陳思成律師

填寫線上讀者回函
獲得更多好讀資訊

戶名：知己圖書股份有限公司
劃撥專線：15060393
服務專線：04-23595819轉230
傳眞專線：04-23597123
E-mail：service@morningstar.com.tw
如需詳細出版書目、訂書、歡迎洽詢
晨星網路書店 http://www.morningstar.com.tw

印刷／上好印刷股份有限公司 TEL:04-23150280
初版／西元2011年7月15日
初版五刷／西元2020年06月30日

定價：220元
如有破損或裝訂錯誤，請寄回台中市407工業區30路1號更換（好讀倉儲部收）

Published by How-Do Publishing Co., Ltd.
2011 Printed in Taiwan
All rights reserved.
ISBN　978-986-178-197-6